O ouro de Quipapá

Hubert Tézenas

O ouro de Quipapá

Tradução
Fernando Scheibe

VESTÍGIO

Título original: *L'Or de Quipapá: conte noir*

Cet ouvrage, publié dans le cadre du Programme d'Aide à la Publication 2013 Carlos Drummond de Andrade de la Médiathèque de la Maison de France, bénéficie du soutien du Ministère Français des Affaires Etrangères et Européennes.

Este livro, publicado no âmbito do programa de auxílio à publicação 2013 Carlos Drummond de Andrade da Mediateca da Maison de France, contou com o apoio do Ministério Francês das Relações Exteriores e Europeias.

Liberté • Égalité • Fraternité
RÉPUBLIQUE FRANÇAISE

AMBASSADE DE FRANCE AU BRÉSIL

Médiathèque MaisondeFrance

DIRETOR DA COLEÇÃO
Arnaud Vin

REVISÃO
Amanda Pavani
Eduardo Soares

CAPA
Diogo Droschi
(Sobre imagem de juripozzi/Gettyimages)

DIAGRAMAÇÃO
Jairo Alvarenga Fonseca

Dados Internacionais de Catalogação na Publicação (CIP)
Câmara Brasileira do Livro, SP, Brasil

Tézenas, Hubert
O ouro de Quipapá / Hubert Tézenas ; tradução Fernando Scheibe. -- 1. ed. -- Belo Horizonte : Vestígio, 2014.

Título original: L'Or de Quipapá : conte noir
ISBN 978-85-8286-093-9

1. Ficção francesa 2. Ficção policial e de mistério I. Título.

14-03732 CDD-843

Índices para catálogo sistemático:
1. Ficção : Literatura francesa 843

A **VESTÍGIO** É UMA EDITORA DO **GRUPO AUTÊNTICA**

São Paulo
Av. Paulista, 2.073, Conjunto Nacional,
Horsa I, 23º andar, Conj. 2301
Cerqueira César . 01311-940
São Paulo . SP
Tel.: (55 11) 3034-4468

Belo Horizonte
Rua Aimorés, 981, 8º andar
Funcionários . 30140-071
Belo Horizonte . MG
Tel.: (55 31) 3214-5700

Televendas: 0800 283 13 22
www.editoravestigio.com.br

Para Irene,
que aos seis anos já cortava cana.

Things are not as they seem.
Jim Thompson

Agradeço, em primeiro lugar, a "meus" grandes autores brasileiros Edney Silvestre e Alberto Mussa, a minha superagente Luciana Villas-Boas, e a toda a equipe da Vestígio, encabeçada por Arnaud Vin, que juntos me permitiram realizar o sonho de publicar este livro no país do meu coração. Agradeço a meu colega e amigo Fernando Scheibe, que com sua bela tradução devolveu a meus personagens sua língua original.

Devo muito também a Patrick Raynal, que me enviou o mais forte dos sinais ao estender a mão para mim no final de 2008. Seu olhar e seus conselhos me permitiram ir até o fundo do potencial de minha história.

Agradeço à minha irmã, Anne Tézenas, por ter mergulhado numa versão ainda muito mal-acabada e ter encontrado nela algumas qualidades.

Agradeço também a Joël Gastellier, livreiro da falecida Étoile Polar, que se deu ao trabalho de ler e de me encorajar a enviar meu manuscrito às editoras num momento em que tinha muito mais com o que se preocupar.

Agradeço ao meu amigo Jean-Baptiste de Saint-Louvent por seu apoio constante e sua energia oceânica.

Agradeço ao meu "duplo" brasileiro, Kelbian Vasconcelos, por ter aceitado emprestar seu nome a um personagem que é na verdade seu oposto.

E, acima de tudo, agradeço do fundo do coração à minha companheira, Sylvie Robert, e às nossas filhas, Lila e Suzanne, por terem me dado um quadro e linhas de fuga.

Pernambuco, abril de 1987

Mal passa das oito mas o sol já bate duro. Os quadradinhos sobre palafitas da UR-11 acabam de desaparecer atrás do ônibus que o leva para o centro de Recife quando Alberico Cruz senta a bunda num banco de polipropileno. A semana podia começar pior.

A superfície viscosa do Tejipió desfila pela janela. Na orla do mangue uma colônia de pescadores de calções remexe o lodo para pegar caranguejos empanturrados de lixo. A ideia é pendurá-los numa vara e vendê-los nas praias da zona sul para os gringos mais otários. Se não dá certo eles mesmos comem. A brisa tórrida do estuário penetra barulhentamente no ônibus de vidros abertos de uma ponta à outra da ponte Motocolombó. Desgrenhando os passageiros cobertos de suor. Então o motorista enfia o pé na reta da Avenida Sul. Alberico Cruz é um rapaz preto de pelo e cabelo e branco de pele. Veste como todos os dias da semana uma camisa branca e uma calça bege. Suas bochechas redondas estão bem barbeadas e seus cabelos cuidadosamente penteados. No matagal de seu peito cintila uma fina cruz de ouro pendurada numa correntinha. Uma pasta de napa marrom está aninhada sob seu cotovelo.

As ilhas do centro se aproximam a toda velocidade. É um amontoado decadente de palácios coloniais e prédios escurecidos pela canícula e pelos dilúvios. Pontes enferrujam lentamente sobre os braços do rio e as perspectivas são asfixiadas pelo formigamento dos camelôs e das carriolas.

O ônibus penetra com toda a potência de seu diesel no bairro do porto. Deixa a Avenida Rio Branco e contorna as docas desativadas dispersando com buzinadas os esfomeados que atravessam o asfalto cortado pelas dezoito rodas. Alberico Cruz enxuga a nuca. Levanta segurando sua pasta e agarra a barra. Puxa a cordinha no meio da ponte do Limoeiro.

Desembarca na calçada regurgitante da Avenida Norte e ziguezagueia por duzentos metros até chegar à rua estreita da agência. Compra a *Folha do Recife* e o *Jornal de Pernambuco* do aleijado sentado como todos os dias em seu banquinho ao pé do edifício Caxangá e entra no hall. Um véu de cansaço vitrifica seus olhos carvoentos quando vê a fila para os elevadores. Pelo menos trinta pessoas. Há três elevadores mas o síndico só deixa funcionar um para economizar energia. Culpa dessa porra de crise que assola o país há anos.

Desde que a cotação do petróleo bruto voltou a cair.

Quatrocentos empregados invadem a cada manhã entre as oito e as nove e meia os dezenove andares de escritórios apertados como alvéolos atrás da fachada encardida do Caxangá. O elevador sempre superlotado sobe e desce três vezes diante de Cruz. Ele leva quase quinze minutos para chegar ao décimo primeiro andar mas aí também podia ter sido pior: os blecautes o obrigam frequentemente a se juntar às cacarejantes procissões que tomam as escadas de assalto à luz dos isqueiros. E não ficou triste por se ver apertado contra uma loira falsa até o sétimo.

Cruz ainda está um pouquinho excitado quando empurra a porta de vidro fosco da agência Luxor retroiluminada por uma pálida lâmpada fluorescente.

Bom dia, Alberico. Tudo bem?

Aquela piranha da Lena sequer levanta a cabeça de sua máquina de escrever aninhada debaixo de um ar condicionado barulhento no canto da minúscula recepção.

Indo. Ligações esta manhã?

Lena finalmente se digna a cruzar seu olhar. Ela está de matar com o rabo de cavalo que escorre hoje sobre suas costas de âmbar. Essa garota é uma máquina de produzir fantasias: negra branca ou índia à escolha – dependendo do dia do ângulo da luz e do humor. Cruz sonha em comê-la desde que ela entrou na agência. A putinha dá pro Montenegro. Precisa tomar cuidado para não derrapar...

Algumas, responde Lena.

Ela se levanta para pegar a garrafa térmica no parapeito da janela. Sua bunda moldada pela calça jeans é uma obra de arte. Cruz nunca viu algo tao lindo.

Uma senhora que queria informações sobre o dois quartos à venda, acrescenta ela. Na frente do shopping Boa Viagem. Desligou na minha cara quando falei o preço. E o senhor que quer passar o ponto, aquele de Imbiribeira. Ele se irritou como de costume porque sua loja ainda não foi alugada. Falou em tirar nossa exclusividade. Também dois telefonemas de um cara interessado no mobiliado da Rua da Aurora. Parece muito urgente. Quer visitá-lo ainda esta manhã. Eu disse que você retornaria.

Cruz joga seu copinho no lixo. Errou. Recolhe-o balançando a cabeça e vai para a sala vizinha. É uma sala mal iluminada de sete metros quadrados e mobiliada com duas escrivaninhas metálicas e uma mesinha para a máquina de escrever. Sabe o que o espera quando atravessa a soleira mas suas fossas nasais assim mesmo são agredidas pelo cheiro de mofo que o velho carpete cinza esverdeado exala. Senta atrás de sua escrivaninha. A outra é apenas um vestígio dos tempos gloriosos em que o patrão da Luxor empregava dois agentes em tempo integral.

Sem chance, diz de longe para Lena.

Tira os jornais de sua pasta antes de acrescentar:

As visitas da manhã são com o Montenegro. Tenho os meus telefonemas para fazer.

Os compradores são raros por causa dos preços estratosféricos. Toda a profissão se concentrou nos aluguéis e disputa cada manhã os anúncios dos particulares. O mercado imobiliário se tornou um esporte de combate.

O Sr. Montenegro ligou há quinze minutos, diz Lena, após um curto silêncio. Não vai poder vir hoje. Tem consulta no dentista.

Será que não está é curando a ressaca num hotel do litoral?

Pare com isso, Alberico.

Brincadeira.

Alberico Cruz faz uma careta e aperta a ponta do nariz. Que ideia foi essa? A crise comendo todos os setores da economia e Lena pode colocá-lo na rua com um estalar de dedos. Aquele porco velho do Montenegro realiza todos os seus caprichos. O único trunfo de Cruz é que os agentes capazes de se contentar com um salário tão miserável quanto o dele não dão em árvores. Ele soube se tornar indispensável: só sua presença permite ao patrão esvaziar sem remorso suas duas garrafas diárias de vodca nacional.

Um dia terá a agência só para ele. E talvez Lena como bônus. É o que o faz aguentar. Não tem a intenção de passar a vida toda como um empregado subalterno no edifício Caxangá. Espera apenas o momento em que Oscar Montenegro cairá em sua mão como uma manga podre. A coisa já está engrenada: a partir do almoço ele já não está apresentável. Volta todo dia da lanchonete cambaleando apoiado no braço da secretária. Em seguida se joga no sofá-cama de seu escritório pessoal situado do outro lado da recepção e só emerge dali pelas quatro ou quatro e meia. Assina então tudo o que lhe derem com mão trêmula e responde às perguntas de Cruz com gorgolejos perfumados de Bacardi. Depois desaparece até o dia seguinte.

O telefone toca.

Na certa Fátima.

Liga para ele todo dia às cinco para as nove. Assim que sua mãe sai de casa arrastada por seu rottweiler. Fátima e ele se conheceram há alguns meses num curso noturno de iniciação ao *basic*. Alguns olhares e algumas palavras cochichadas enquanto seus dedos roçavam no teclado durante um exercício de programação em dupla bastaram para metamorfosear aquela moça recatada. Lançaram-se juntos a fundo na exploração clandestina de todas as formas de aproximação capazes de preservar o hímen de Fátima. A Sra. Souza é uma viúva portuguesa forrada de princípios: a menina de seus olhos é a virgindade da filha única. Os langores inabituais desta acabaram alertando-a. Fim das aulas de informática.

É ela. Fátima começa a descrever um modelo de quarto de bebê visto na vitrine de uma loja chique da zona sul. Não para nem para respirar. O telefone de Lena começa a tocar. Ela atende.

Minha flor, diz Cruz balançando a cabeça, sabe que é complicado neste momento. Não consigo nem pagar minhas contas, não vejo...

Alberico? diz Lena. É para você.

Tenho que desligar, minha flor. Um telefonema. Falamos disso esta noite, tá bom?

Você sempre adia tudo, Rico. Nunca me escuta. Acabo de lhe dizer que o escolhi para ser o pai dos meus filhos e você nem reage. Quando é que vai decidir considerar seriamente o futuro de nosso relacionamento?

Escute, suspira Cruz, batendo a tampa de sua caneta Bic. Juro que só penso nisso, mas...

Tem horas em que me pergunto se realmente quer construir algo sólido comigo.

É claro que sim. Passo aí pelas seis, pode ser?

Fátima consente contrariada. Cruz desliga e recebe a chamada em espera de Lena.

É o cliente interessado no quarto e sala da Rua da Aurora. Cruz faz de tudo para marcar a visita ao apartamento no início da tarde mas o homem – Sr. Silva – não quer saber. Deve sair do hotel até meio-dia em ponto.

Às nove e dez – vinte minutos depois – Cruz volta a sair do edifício Caxangá de péssimo humor e segue a pé para a Rua da Aurora. Não tem mais condições de pagar um táxi. Detesta esse mobiliado que é de longe o pior imóvel da Luxor. E certamente terá que enfrentar de novo a fila do elevador ao voltar. Sem a oxigenada do sétimo.

Contorna o braço de mar fétido que separa seu bairro da zona portuária e entra a passos rápidos na Rua da Aurora lançando daqui e dali olhadelas circunspectas a fim de localizar algum eventual punguista na massa compacta de pedestres e camelôs. Sabe que sua camisa impecável e seus sapatos engraxados chamam atenção naquela multidão miserável. Sua pasta contém apenas um contrato padrão e as chaves do imóvel mas nada impedirá os gatunos do centro de imaginá-la recheada com notas altas.

Chega ao 132 e ergue os olhos antes de subir. O número está escrito a carvão em cima de uma porta de maçaranduba carunchosa. O topo da vertiginosa escada reta se perde na sombra. Pelo menos quatro metros e meio de pé direito: os arquitetos de outrora esbanjavam nos volumes. A fachada está toda rachada. A pintura verde-limão toda lascada. À esquerda uma canção escapa das três altas portas com olho mágico do puteiro cavernoso que ocupa o térreo de um prédio colonial do mesmo estilo mas ainda mais decadente. É a hora morta. Só há moscas ao redor das mesas. O único garçom cochila curvado numa banqueta. Um pouco mais adiante à direita um travesti tenta fazer escândalo numa farmácia para que troquem sua seringa. Ninguém lhe dá atenção. Barulho e gente pra todo lado. Os pedestres transbordam das calçadas atulhadas de bancadas e se espalham na rua cada vez que a onda de carros se detém no sinal vermelho do outro lado da ponte sarapintada que atravessa o rio Beberibe.

Cruz se lança aos degraus abruptos. O vão da escada fede a mijo. Faz uma pausa para respirar no segundo andar e depois continua.

Um senhor baixinho dos seus cinquenta anos o espera no patamar seguinte. Uma espécie de negro branco de cabelos grisalhos encarapinhados e braços magros. Talhado como uma ânfora: sua barriga saliente mal dissimula a saúde estragada. Fede a cachaça a mais não poder. Mais um que o álcool não tardará a liquidar. Seu rosto é ao mesmo tempo rechonchudo e ossudo. Como se seu tecido adiposo tivesse decidido abandonar suas bochechas côncavas e migrar para o pescoço e as redobras de seu triplo queixo. Veste um terno bege de linho apertado demais na parte central e frouxo demais nas outras.

Seus sapatos de couro ocre são artesanais e devem vir de um mercado da Bahia. Óculos de armação metálica encimam seu nariz achatado.

Prazer, senhor Silva.

Cruz aperta sua mão: calosa.

Procuro um apartamento mobiliado, diz Silva. Por algum tempo.

Seu sotaque é ainda mais forte do que no telefone. Esse matuto deve ter saído direto de uma plantação de cana da Zona da Mata. Cruz abre a porta e entra primeiro no apartamento. O cheiro de fechado o agride ainda mais do que na agência. Um coto de corredor sem janelas serve os três cômodos. Abre a primeira porta à esquerda. É o quarto. A mobília se resume a um armário laminado e a um estrado de metal sobre o qual está jogado um colchão de espuma amarela. Mais uma cadeira sob o lustre vazio pendurado no teto.

Que calor, resmunga Silva.

Tira o paletó e o joga na cama.

Tem ventiladores, espero?

Só um. Mas posso lhe propor um apartamento climatizado a...

Deixa pra lá. Tenho alergia a ar condicionado.

Depois de visitar o banheiro situado diante do quarto – espantosamente espaçoso com sua banheira com pezinhos – voltam ao corredor e chegam à sala. Uma peça sumariamente separada da cozinha por uma minúscula mesa em fórmica azul-celeste com dois bancos da mesma cor. Três almofadas verdes com listras amarelas sobre um banco de cimento que ninguém jamais roubará. Assim como a excrescência que serve de mesinha. Cruz abre as cortinas.

Isso fede, diz Silva, varrendo o cômodo com o olhar. E aposto que se escuta tudo o que acontece nos vizinhos. Vocês fazem contratos semanais? Renováveis?

É claro. Nossos contratos são os mais flexíveis do mercado. Pensa em ficar quanto tempo?

O mínimo possível. Se Deus quiser.

Está de férias ou a trabalho?

Trabalho. Mas ainda não posso lhe dizer quanto tempo vou ficar.

Não tem problema. Conhece o Recife, senhor Silva?

Morei aqui, mas a cidade mudou. Era mais calma naquela época.

Vem de longe?

Tudo depende do que se chama de longe, meu rapaz, suspirou Silva, soltando sua mala sobre os pequenos tacos pretos do assoalho. Bom. Não é o Plaza, mas dá pro gasto.

Temos coisa muito melhor em termos de custo-benefício, senhor Silva. Este bairro não tem uma reputação muito boa. Perto demais do porto. Na zona sul – a menos de dois minutos a pé da praia – temos neste momento uma oferta promocional a cento e oitenta mil cruzados por mês. Não vai encontrar nada melhor.

Silva assobia.

Está acima do meu orçamento.

Nossos outros imóveis são impecáveis. Mas, é claro, os proprietários têm que se antecipar à inflação.

Fico com este.

Não tem telefone nem TV.

Isso não importa. Tem lençóis? Toalhas? Panelas?

É claro. Todos os nossos apartamentos são inteiramente equipados. Mas certamente notou que este prédio não tem porteiro. Nem vigilante noturno. Devo lhe avisar que este bairro é bastante perigoso à noite. Todos esses marinheiros estrangeiros, não tem jeito. Isso atrai os ladrões e as putas. Recomendamos a nossos clientes não abrirem para ninguém.

Pode deixar. Vamos ver o contrato?

Cruz pega a calculadora e faz seus dedos voarem sobre as teclas.

O aluguel tem que ser pago adiantado. Teremos que acrescentar a taxa de habitação e o consumo de eletricidade. Fica oitenta e seis mil cruzados tudo.

Ok. Vamos lá.

Cruz estende a mão.

Preciso de sua carteira de identidade, por favor.

É claro.

Silva concorda. Apalpa um depois do outro os bolsos de sua calça e então olha para Cruz lastimoso.

Caramba, eu... devo ter deixado meus documentos no hotel. Que idiota!

Silêncio. Cruz está a ponto de abrir a boca quando o rosto de Silva se ilumina.

Ah! Felizmente trouxe o dinheiro. Disso tenho certeza, lembro de quando coloquei o maço no bolso do paletó. O costume da guerra, hein? Viu a escória que empregam agora nos hotéis? Não dá para deixar nada dando sopa. Sei de cor o número da minha identidade. E até do CPF, se quiser.

A mão de Cruz volta a cair.

Impossível assinar o contrato sem carteira de identidade, senhor Silva. É a lei.

Mas estou lhe dizendo que esqueci meus documentos no hotel! Faça o contrato agora, meu amigo. Passo depois na agência para lhe mostrar. É que tenho que liberar o quarto antes do meio dia. Sabe como funciona.

Lamento, senhor Silva. É impossível.

Silva. O nome desse cara soa tão falso quanto sua história de documentos esquecidos. Montenegro teve recentemente sérios problemas com a polícia civil por ter alugado um imóvel de temporada em Boa Viagem para um traficante de cocaína fugido do Carandiru. Acalmar os tiras lhes custou caro.

Silva volta ao ataque.

Bom. Vou ser franco com você. Estou aqui incógnito e preciso deste apartamento imediatamente. É questão de vida ou morte. Eu lhe dou trinta mil a mais se assinarmos agora. Na mão.

Não como desse pão, senhor Silva.

É claro. Compreendo. Mas escute. Minha vida está em perigo. Sou sindicalista numa usina do interior. Defendo os cortadores de cana. Minha cabeça está a prêmio. Precisa me ajudar, rapaz. Decidiram acabar comigo. Porque luto contra a miséria nas plantações.

Não vejo no que eu...

Trinta mil cruzados para preencher um formulário padrão em cinco minutos... Conheço muita gente que não hesitaria. Sobretudo do jeito que as coisas andam.

Cruz leva uma mão à sua cruz de ouro. Tem que pagar seu próprio aluguel depois de amanhã e faltam quarenta mil cruzados em sua conta para evitar a facada da correção monetária – que deve girar este mês em torno de dezenove ou vinte por cento.

Isso fica entre nós. Prometo. Ninguém vai saber de nada.

Cruz sente sua determinação vacilar. A imagem de Oscar Montenegro acaba de vir à sua mente e começa a embaralhar suas ideias. É culpa dele se está nessa roubada. E com sua alcoolemia sempre acima de dois gramas o velho não vai notar nada.

Não. Realmente. Eu...

Minha vida está em suas mãos.

Cinquenta mil.

Quarenta. E é minha última palavra.

Cruz suspira. Puxa um banco e se senta à mesa. Abre a pasta.

Primeiro você paga, aí faço o contrato.

Está bem. Onde está meu paletó? Ah, sim. Deixei na cama. Mas você é duro nos negócios, rapaz.

Cruz sente uma ponta de remorso vendo Silva desaparecer no corredor. Depois não. Pensa em Fátima. No quarto do bebê. Qualquer um faria o mesmo em sua situação. Começa a preencher o formulário padrão para pensar em outra coisa enquanto os passos de seu cliente se amortecem do outro lado da divisória.

Um baque surdo explode na entrada. A porta abre e Cruz escuta um começo de cavalgada. Um grito o faz estremecer.

A voz de Silva.

Cruz levanta num pulo. A cavalgada recomeça. Dessa vez é no quarto. Um tiro. Outro. Silva grita de novo. Mais fraco. Por mais tempo. Cruz espera alguns segundos antes de arriscar uma espiada entre o lambril e o batente entreaberto da porta da sala de estar. Vê um homem de costas surgir do quarto carregando Silva por baixo dos braços e se dirigir para o cômodo da frente: o banheiro. Um loiro bastante forte mas não muito alto. A cabeça de Silva está derrubada pra trás e balança. Suas pernas esticadas parecem em levitação a cinquenta centímetros do chão e seus joelhos já estão no banheiro. Outra pessoa o segura pelos calcanhares mas a saliência da divisória impede Cruz de vê-la.

Cruz não distingue mais ninguém mas chegam até ele murmúrios. Seguidos de um grito que degenera em gorgolejo. A entrada não está longe. Quatro ou cinco passadas o separam do patamar. É agora ou nunca. Cruz vai se lançar quando os dois homens saem do banheiro. O loiro primeiro e atrás dele uma sombra que Cruz mal chega a entrever antes de se encostar na parede logo atrás da porta da sala de estar.

Vamos, diz uma voz de homem. Pegamos o dossiê e damos o fora.

Tem certeza de que está morto?

Não viu como sangrava? Cortei a carótida.

Dá uma olhada na sala. Eu cuido do quarto.

Cruz morde os lábios engolindo por pouco o grito que se forma em sua garganta.

A porta da sala gira suavemente nos gonzos. No interstício Cruz vê aparecer um homem de costas. Não o loiro: o outro. Alto. Moreno. Assustador. O homem avança na ponta dos pés até a mesa onde ficaram sua pasta e o contrato com sua caneta em cima. Para. No segundo em que vai se virar Cruz se lança pra frente e empurra suas costas com toda a força. O homem cai em cima da mesa com um grunhido. Cruz corre pelo corredor.

Ei!

Nunca esquecerá a cara do loiro agachado diante da mala aberta de Silva no momento em que atravessa a toda a soleira do quarto. Seu rosto lunar. Sua testa arredondada e imensa. Seus cabelos amarelo-sujos penteados para trás. Seus olhos azuis estranhamente risonhos. Globulosos. Afastados. Um boneco monstruoso. O loiro se levanta e leva a mão direita ao cinto. Cruz já está no patamar. Uma bala assobia em seu ouvido e ele mergulha no vão da escada e se deixa cair rolando com os braços em volta da cabeça. Outras balas atingem a madeira e o reboco ao seu redor.

Cruz continua rolando até o andar de baixo e se levanta. Ouve os passos logo acima dele. Desce o mais rápido que pode os dois intermináveis lances de escada restantes. Surge na cegante claridade da Rua da Aurora e pernas pra que te quero. Várias bancadas de camelô desmoronam como castelos de cartas à sua passagem e a rua parece congelar para ver a corrida desse estranho fugitivo.

Há um segundo de hesitação. Alguns desocupados se lançam alegremente a seu encalço gritando "pega ladrão". Querem saber como vai acabar aquilo.

Cruz vira na esquina da Rua Capitão Lima. Seus pulmões queimam. Percorre mais alguns metros e lança sem diminuir a velocidade uma olhada por cima do ombro. Um início de matilha risonha corre atrás dele.

Suas pernas fraquejam a cada passo. Sabe que não irá mais muito longe. Uma névoa cinza invade pouco a pouco seu campo de visão. Uma luva de ferro mói seu peito.

Pega! Ele derrubou minha bancada!

Bem na frente de Cruz aparecem duas silhuetas de boné. Ele desacelera e se deixa cair aos pés dos policiais militares. Nunca sentiu tamanho alívio.

Uma chuva de golpes de cassetete se abate sobre suas costas. Sua cabeça. Sua nuca. Sua barriga. Seus joelhos. Está sem fôlego e incapaz de gritar. Só pode se encolher sobre a calçada. Uma bota ferrada esmaga sua mão direita. É a do maior dos dois PMs. Um bigodudo. O bigodudo para de bater nele. Coloca as mãos na cintura e varre com o olhar o círculo de curiosos.

O que ele fez?

As respostas chovem.

Não faço ideia, chefia.

Roubou na mercearia.

Tá maluco? Viu como ele tá vestido?

Furtou a bolsa de uma velha.

Nada disso. Eu vi ele sair correndo de um prédio. Na Rua da Aurora.

Talvez seja um assaltante.

Ou um tarado.

O PM bigodudo faz um sinal com a mão e seu colega diminui a cadência dos golpes até parar. A calma volta. Cruz está em posição fetal. Levou um chute nos bagos.

Bom, começa o bigodudo, tirando seu capacete. Quem é que realmente viu alguma coisa? Quem é que tá disposto a testemunhar?

Os curiosos se fecham num silêncio pontuado de risos. Então uma onda de murmúrios se eleva quando uma velha índia de face sulcada rompe pela multidão e para diante dos policiais.

Eu vi ele sair do número 132. Bem do lado do cabaré. Vendo uvas ali na frente. Podem perguntar por aí. Esse desgraçado derrubou minha bancada. Estava com fogo no rabo.

Todo mundo explode de rir.

Tem certeza, vovó?

Juro pelo sangue de Cristo.

Temos que averiguar, diz o bigodudo, virando-se para seu colega debruçado sobre Cruz. Anda, Carlos, vamos levá-lo.

Os dois agentes o colocam de pé à força e o arrastam até a Rua da Aurora. A multidão que os segue não para de crescer pegando em sua malha tudo o que vem em sentido inverso. O garçom do puteiro emerge de sua sonolência à chegada do cortejo e avança até a soleira como um zumbi. Dois camelôs ainda brigam pelas bijuterias espalhadas na calçada.

Cruz começa a voltar a si. O bigodudo percebe e o obriga a levantar a cabeça puxando seus cabelos.

Que zona é essa? Vai nos dizer o que fez ou não vai?

Um sussurro confuso escapa dos lábios de Cruz. Incapaz de articular palavra.

Basta subir e ver, propõe o outro PM.

Um velho sem camisa desce correndo o vão da escada. Veste apenas um calção velho de nylon vermelho e parece fora de si. Seus braços enrugados estão cobertos de tatuagens.

Polícia. Pelo amor de Deus. Rápido. Subam rápido.

O que foi? pergunta o bigodudo.

Na frente da minha casa. No terceiro andar. A porta foi arrombada. Está aberta. Não vi nada mas foi uma barulheira medonha. Tive um cagaço danado. Rápido.

O velho tem um forte sotaque estrangeiro. Mais um marinheiro encalhado no Recife.

Ouviu alguma coisa de anormal? Barulhos suspeitos?

E como! Tiros. Não sei quantos. Ainda está cheirando à pólvora na escada. Não estão sentindo?

Tem alguém lá em cima?

Não sei. Acho que não. Esperei bastante antes de sair. Não tem mais ninguém. Não correm nenhum risco.

Cruz sente mãos o empurrarem para a entrada do prédio. Ao pé da escada um dos PMs o encoraja a subir com uma cacetada atrás da coxa.

Chegam ao terceiro andar. O bigodudo saca sua arma e se coloca em posição de intervenção diante da porta entreaberta. Ofega como um boi. Dá uma olhada para o seu colega e empurra a porta com a ponta da bota. Entra no apartamento com a arma em riste.

Assim que desaparece o silêncio se abate sobre o patamar. Cruz continua dobrado em dois mas vê a preocupação aumentar nos olhos do PM que ficou de cobertura.

O bigodudo volta dali a pouco. Branco como um fantasma.

Carlos, venha ver. Vale a pena.

Os dois PMs escoltam Cruz até o banheiro. O cadáver degolado de Silva chafurda no sangue dentro da banheira. Seus olhos arregalados fixam o forro e seus lábios estão torcidos num ricto imbecil.

A mala de Silva está derrubada no quarto. Seus pertences jazem espalhados no chão. O bigodudo observa Cruz franzindo as sobrancelhas.

Filho da puta! O que deu em você?

Cruz balança a cabeça.

Carlos lhe dá um tapa sonoro.

Quem era?

Eu... eu não... sei...

O cano de uma Taurus se encosta em sua testa. Cruz desmaia e recebe mais uma cacetada na boca do estômago.

Meu caro, diz o bigodudo guardando seu cassetete, acho que seus problemas só estão começando.

O fedor piorou ainda mais nos últimos quinze dias. Todo mundo tampa o nariz. Como a cada ano, os tanques de vinhaça transbordam. Ninguém sabe mais onde jogar essa merda fervente que empesta quilômetros ao redor. Por mais que as escavadeiras sangrem os morros fazendo novos buracos de decantação sempre maiores, sempre mais fundos, não adianta, a infecção ganha terreno. Nos dias de vento, o cheiro pega na garganta e não larga mais. Penetra nas casas, gruda nas paredes, nos móveis, nos cabelos. Felizmente, a safra está chegando ao fim. Na usina, os trabalhadores fazem jornadas duplas para terminar a produção o quanto antes. Com um pouco de sorte, poderemos parar os moedores e as caldeiras daqui a uns dez dias. Será preciso ainda mais um mês inteiro para que a temperatura diminua o suficiente nos tanques e se possa respirar um pouco. Será preciso também que o vento leve para longe as cinzas que chovem sobre Quipapá há cinco meses, desde que começaram a colocar fogo nas plantações para preparar a colheita. Mas logo verei o fim do túnel.

Já era hora.

Não aguento mais apodrecer neste escritório. O ar condicionado faz tanto barulho que é preciso gritar o tempo todo, sobretudo no telefone. Parece a sala de máquinas de um cargueiro. E com a cadência infernal das últimas semanas, o ruído dos caminhões passou de intermitente a contínuo. A cada trinta segundos, vejo passar debaixo da minha janela uma carreta atulhada de cana. É de deixar tonto.

Lá fora, os morros estão mais arrasados do que um pelotão da PM, e sua cor oscila agora entre o vermelho e o cinza. As últimas braças queimaram esta semana. Não adianta procurar:

não há mais uma planta de pé na região. A destilaria engole tudo. Para fazê-la transpirar seu álcool fuleiro, é preciso empanturrá-la com toneladas de cana. E ela caga um rio de vinhaça.

É verdade que não medimos esforços. Os peões de Quipapá ceifaram sem piedade tudo o que crescia em nossas terras. Até pouco tempo atrás, íamos buscá-los de caminhão nas vilas. Todas as manhãs, ao nascer do sol, eles desembarcavam em massa na terra queimada, numa barafunda indescritível, quase quatro mil homens, mulheres, crianças e velhos, fichados ou não, para cortar e enfeixar a cana. Era batata: em meia hora ninguém mais sabia quem tinha ceifado o quê. Os capatazes em seus jegues se arrancavam os cabelos. E na hora de pagar era aquela confusão. Já não se contavam mais as brigas de foice. Só no ano passado, elas nos renderam quatro mortos e uma incomodação fodida com o juiz do trabalho.

Me pediram para organizar as coisas. Estabelecer um balanço diário da colheita para cada uma de nossas plantações com o nome dos cortadores e o número de toneladas colhidas. Para formar de um dia para o outro os capatazes analfabetos. E para demitir metade da mão de obra rural em vez do um terço habitual depois da grande limpeza que se segue à colheita. Tudo isso está nos trilhos. Os outros terão apenas que fazer jornadas duplas para a replanta e a fertilização. A mesma coisa na usina: dos quinhentos empregados no ramo industrial, duzentos e cinquenta vão para a rua. E não é esse pentelho do Policarpo que vai me impedir. Tive até a ideia de montar um sistema de bônus para os cortadores de elite e de descontos para os malandros. Conheço bem os matutos, só entendem a cenoura e o chicote. Contei para o meu pai, ele disse que falaríamos disso ano que vem. Boa ideia, Kelbian, mas cada coisa a seu tempo. E patati patatá.

Minha janela está suja. Por causa das cinzas, principalmente. Viro-me e varro a sala com o olhar. Por dentro também está um nojo. Não sei pra que servem esses inúteis da limpeza.

Volto para minha mesa. De passagem, com a ponta da bota, dou um chutezinho na lixeira. Está cheia de papéis e tomba. Tinha pedido para que a esvaziassem todos os dias. Meu mindinho me diz que os empregados da usina não morrem de amor por mim. Problema deles. Não vou permitir que me façam de palhaço.

Vou ter uma palavrinha com o velho. O problema é que, desde a semana passada, ele anda melindroso que só. Melhor nem chegar perto. Quarta-feira ele convocou todos os chefes de produção ao seu escritório, e eu junto. E com sua vozinha de rádio mal sintonizada nos passou um sabão da porra. Disse que nunca tinha visto uma colheita tão medíocre em trinta anos. E que a culpa só podia ser nossa já que as chuvas foram boas no inverno e que ele tinha investido pesado nos pesticidas e todo o resto. Acrescentou que íamos ser alvo de chacota nos círculos da indústria açucareira de Pernambuco e que estávamos à beira da falência.

E pra fechar com chave de ouro, demitiu todos. Assim, sem aviso prévio. Posso lhe dizer que aqueles miseráveis sequer tiveram coragem de protestar. Saíram da sala em fila indiana, foram juntar suas coisas e nunca mais foram vistos.

De minha parte, estou, digamos, em fase de aprendizado. Não faz nem três meses que meu pai me confiou as rédeas do serviço de pessoal. Antes eu ficava longe da usina. E não me queixava. Pelo contrário. Cuidava do que nos resta de gado, rezando para que me deixassem em paz. Mas desde que o Orlando foi para o Rio, senti que a coisa ia complicar. Não deu outra. Num domingo de dezembro, em plena safra, meu pai anunciou durante o almoço que estava na hora de eu colocar a mão na massa e aprender o ofício.

Arrumo a lixeira, sento atrás de minha escrivaninha e relembro pela vigésima vez o sermão que ele nos deu quarta-feira. A massa salarial sobrecarrega nosso orçamento. O metro cúbico de álcool sai caro demais. Temos que fazer cortes drásticos com urgência. Apertar as rédeas. Ser mais rigorosos.

Dizer é fácil.

Depois da saída dos chefes de produção, o velho jogou na minha cara que eu estava me deixando fazer de gato e sapato pelo presidente do sindicato dos cortadores. Dois dias depois, coloquei os pingos nos is com esse maldito Policarpo. Ele tinha vindo encher meu saco de novo para que eu anulasse a supressão dos quatrocentos e setenta postos suplementares. Foi quando ele falou das demissões abusivas que eu fiquei fulo. Ele que sempre se contentou em surrupiar uma parte da grana dos matutos, não entendi que ideia é essa de querer virar o defensor dos oprimidos. Talvez esteja com medo de não ser reeleito. Mas dessa vez, pode crer, ele não vai vir mais me atazanar.

Espero que esta seja minha última safra. Se tudo der certo, vou estar nadando na grana verão que vem. Talvez até me ofereça uma viagenzinha pro Rio. Fui lá uma vez com o Tiago, pela estrada. Vamos voltar lá para pegar as piranhas do Mab's. Conheço também um bar fantástico na Rua Santa Clara, com mulatas de cair duro. Foi ali que tomamos o porre de nossa vida. Nunca me senti tão bem. Sei que é lá que quero viver.

Olho o relógio, meio-dia, a hora do nosso encontro. Vou ao banheiro lavar o rosto e me pentear. Saio do escritório. Como sempre, aquela beata velha da Edinalva picou a mula na primeira sirene. Assim que piso na rua me dou conta de que esqueci minha Taurus. Volto sobre meus passos, tiro o 38 da gaveta e coloco no cinto, por baixo da camisa. Ele fará o volume necessário nos rins para dissuadir os valentões. É sexta-feira e sei que no bar do Gordo posso encontrar uns caras já avançados na bebedeira do fim de semana.

Volto a sair e contorno a parede do prédio da administração até o estacionamento bombardeado pelo sol. Olho pra cima: nenhuma nuvem. O inverno tarda. As plantações morrem de sede. Cinco meses sem uma gota de chuva. Trabalhadores sentados às pencas comem suas marmitas à sombra dos tanques de álcool e dos caminhões vazios. Quando passo, todos param de conversar. Minha cotação baixou muito desde que fechei o refeitório.

O cheiro da vinhaça misturado com o do álcool fica uma coisa infame. Aumento o passo para chegar ao meu Monza atrás do prédio. Tiro a capota, me instalo no volante e dou a partida num enorme peido de partículas de etanol.

Merda de usina.

Devia ter debandado há muito tempo, como o Orlando. O problema é que sou menos dotado para os estudos do que meu irmão mais velho. Não entendo como meu pai ainda aguenta esse fedor e todas essas encrencas.

A inspeção trabalhista e a sanitária estão sempre em cima, mas confio nele: sempre conseguiu escapar sem um arranhão das piores situações. E não é um almofadinha do governo, mesmo que cheio de diplomas e procurações, que o impedirá de inundar o país de álcool, açúcar e cachaça.

O suor escorre em meus olhos quando passo o portão da usina, mas vai secar quando começar a andar pra valer. Buzino para o guarda e entro a dois por hora na ponte de madeira que atravessa o rio espumoso onde algumas mulheres lavam roupa. Depois, piso na tábua até a entrada de Quipapá. Conheço como a palma da minha mão as curvas e os buracos do asfalto coberto de miragens. Os matutos param na beira da estrada, com a enxada no ombro, para me ver passar a toda. Sabem quem sou. Aposto minha cabeça que mais de um adoraria ver meu Monza se perdendo na curva. Esperar não custa. Na alta abóbada de bambus, sinto crescerem asas em mim, seria capaz de deixar o principezinho Ayrton comendo poeira. Faço a embreagem chorar e os pneus cantarem nas curvas. As raparigas do vilarejo se sucedem no acostamento e seus sorrisos passam como cometas no retrovisor. Volta e meia buzino, jogo beijos que o vento engole. Às vezes até paro para bater um papo ou levar uma pra debaixo das mangueiras. Mas hoje estou com pressa.

Tenho um encontro com Tiago.

Percebo sua cabeleira assim que entro no Quilombo, para lá do terraço sombreado com caramanchões. Está bebericando uma caipirinha, sozinho no balcão. Ando por entre as mesas, observando a clientela com o rabo do olho. Conheço todos, menos quatro caras sentados no fundo. Chapéus sujos, caras de fuinha e olhares fugidios: pistoleiros esperando contrato. Há também dois PMs à paisana com cara de que já tomaram todas. Vou direto até o Tiago e o abraço. Faz quatro ou cinco semanas que não nos vemos.

Vai me dar notícias da mina. Espero que sejam boas. Ele me cumprimenta quase gritando, sinal de que não está na primeira dose de cana. Seus olhos quase turquesa brilham. Sua cara grande está ainda mais vermelha do que de costume. É preciso espremer muito para arrancar três sílabas dele sóbrio, mas assim que começa a beber também começa a falar. Tiago me lembra às vezes um cavalo meio doido que meu pai me deu quando eu era moleque. Um meio-sangue magnífico mas que tinha mania de se embalar sem quê nem porquê. Quando começava, a única coisa a fazer era me agarrar como podia na sua crina e esperar que ele se esgotasse. Acabou mal. Ele me derrubou e tive que abatê-lo.

Tiago acaba de chegar a Quipapá. Depois de quatro horas de estrada na picape, tem poeira até na alma. Suas mechas desgrenhadas estão coladas no suor. Peço uma dose de cana no balcão e vamos para nossa mesa cativa, à sombra de um bougainville. O garçom aparece – um efebo com trejeitos de donzela –, e pedimos uma picanha mal passada. O Gordo vem servi-la pessoalmente com o espeto e a faca.

Senta um minutinho, Gordo, pede Tiago. Diz aí, o menino novo tem estilo, hein?

Ele indica com o queixo o efebo que está rebolando no meio do terraço. Com uma careta, o Gordo senta seu traseiro de elefante numa cadeira dobrável. De todos os veados que conheço, é o único com cara de açougueiro. Sempre tenta esconder seu vício, mas seus segredos parecem uma saca de farinha furada por todo lado. Vai ficando cada vez mais difícil. Com a gente, ele desistiu da comédia faz tempo. Sabemos muito bem que ele é uma bicha louca. Sabemos também que ele tem uma linda plantaçãozinha de maconha escondida no fundo de um vale da região: fomos dar nela há anos, quando estávamos passeando em suas terras, eu e o Tiago. Moleques, passávamos dias inteiros andando a cavalo, saltando as cercas de arame farpado a galope. Seu boteco é apenas uma fachada. Não foi difícil entender que o Gordo estava metido a fundo no negócio do bagulho, apesar de sua carolice.

Está brincando, finalmente responde, alisando o bigode. Esse idiota não serve pra nada. Olha ele saracoteando com a bandeja. Eu precisava de um homem de verdade – mas vai encontrar um nesse fim de mundo. De qualquer jeito, já tá decidido, vou para o Rio assim que puder. Lá o pessoal sabe viver.

Cuidado, diz Tiago. O Rio é o paraíso do cambalacho. Parece que tem até falsos travecos na galeria Alaska.

O Gordo hesita, incomodado, antes de gargalhar.

Tiago, Tiago! E essa picanha, tá boa?

No ponto. Vai ter música esta noite?

O Djalvan. Vocês vêm?

De novo ele? Você podia variar um pouco.

É o melhor sanfoneiro do Nordeste.

Ele canta como uma puta velha, digo. Por acaso não está enrabichado por ele?

O homem se vira para mim com toda sua massa. Me olha com ódio. Nunca fomos com a cara um do outro. As alfinetadas do Tiago o fazem rir, as minhas não. É preciso dizer que o Gordo é unha e carne com Sônia Crente, a mãe do Tiago. Rezam juntos três ou quatro vezes por semana, isso cria laços. Assim, para não incomodar a velha, Tiago faz o que pode para se dar com ele.

Sabe muito bem que não gosto desse tipo de alusão, Kelbian. Você não melhora nem com a idade.

Esse babaca começa a me encher o saco. Preciso falar com Tiago. Sustento seu olhar rindo e:

Ei, Gordo, salva minha pátria. É sexta-feira e não tenho nem prum fino.

Ele examina sua grossa pata cheia de anéis. Suas unhas brilham como espelhos. Seu criadinho deve poli-las depois do expediente. Sempre sem me olhar, responde:

Não quero ouvir falar disso aqui. Isso também, você deveria saber.

Sai dessa, Gordo. Ninguém escutou. Posso contar com você?

Ele se vira para Tiago, mas Tiago olha para outro lado e ele acaba balançando levemente a cabeça. De qualquer jeito, como sei do seu negócio, ele não tem escolha.

Vou lhe trazer na sobremesa, ele murmura. Mas é a última vez.

Então volta para a cozinha remexendo um pouco a bunda. Viro-me rindo para o Tiago, mas Tiago não está com vontade de rir.

Não devia provocar tanto, Kel. O Gordo é um cara legal. Além disso, cuidado com as bichas, são ainda piores do que as mulheres quando querem se vingar. Verdadeiros escorpiões, cara, capazes de ficar dez dias esperando dentro da sua bota. E não esquece que todos esses matadorezinhos de Alagoas comem na mão dele, acrescenta, deixando seu olhar ir na direção dos quatro fuinhas de chapéu. Desde o fechamento do bar do Zé, é aqui que eles batem ponto.

Brindo os alagoanos com uma olhadela por cima do ombro e sorrio.

Não se preocupe comigo. Esses punheteiros só servem para apagar um ladrão de mangas pro dono do armazém. E ainda têm que fazer isso em quatro ou cinco, como os meganhas. E a mina, como vai? Na verdade, preferia que você não viesse mais se abastecer em Quipapá, ok? Seria muito idiota a gente se deixar pegar agora. Diz aí, tô escutando.

Tiago fecha a cara, balança e coça a cabeça. É meu meio-irmão. Temos exatamente a mesma idade, três meses de diferença, mas ele parece mais velho do que eu porque está começando a ficar calvo no alto da testa. É loiro como a mãe, Sônia Crente, que, ao que parece, tem sangue holandês. Dizem mesmo que meu pai quase casou com ela quando minha mãe morreu. O que é certo é que eles trepavam. Mas os dois brigaram feio quando Sônia ainda estava grávida do Tiago e desde então nunca mais se falaram. Ela começou a recitar a Bíblia o dia inteiro e vive agora como uma eremita no seu sítio na saída de Quipapá, onde fundou um grupelho de iluminados, a igreja universal do reino de sei-lá-o-quê. Deve fazer vinte anos que ela não coloca os pés na cidade. Por causa dos inúmeros demônios que andam por aqui, segundo Tiago. Só se veste de preto e branco e passa o tempo todo rezando para o Senhor pela salvação de nossas pobres almas imortais.

Devagar quase parando, diz Tiago. Mês passado não deu quase nada. E o estoque de mercúrio está acabando. Isso é contigo. Não sei onde comprar.

Sem problema, tenho um contato em Caruaru. Talvez demore um pouquinho, mas levo pra você assim que a safra terminar. Ainda resta um pouco?

Para quatro ou cinco semanas.

Antes disso vai estar resolvido. E os peões? A coisa se acalmou?

Sim. Era o Piauí que estava pintando o sete.

Vou lá assim que puder, mas não antes do fim do mês. Estou sobrecarregado na usina. O velho anda uma pilha e o sindicato fazendo tudo para me atazanar, mas agora tá resolvido. Mesmo assim, tenho que ficar ligado até a parada das máquinas.

Na sobremesa, o Gordo nos traz duas fatias de pudim e a conta. Deixa na mesa em silêncio, sem olhar para mim. Descubro debaixo da conta um saquinho com algumas gramas de fumo que coloco em meu bolso. Como sempre, ele adicionou o custo extra à conta. Esse porco nunca me dará nada de presente.

Depois do almoço, Tiago vai ver sua mãe e eu volto para a destilaria. Por causa da sua ruptura com Sônia Crente, meu pai nunca reconheceu meu meio-irmão. O que não o impediu de lhe dar ano passado, para a surpresa geral, um imenso pedaço de terra no sertão, entre Petrolândia e Floresta, quando soube que ele estava no maior perrengue. Fiquei comovido ao ver que nosso pai não era do tipo que renegava os seus, embora aquela terra dura e seca, cercada por duas cadeias de morros, não valesse grande coisa.

Pelo menos era o que meu pai pensava.

Chego à usina e vou direto para o banheiro enrolar um baseado. Devaneio enquanto fumo, sentado na privada. A imagem de Alzira invade minha mente. Alzira é minha noiva. Todas as noites, por volta das sete, eu passo para pegá-la na casa de seu pai, o velho Baltazar, e levá-la ao instituto Santa Maria. É lá que ela aprende a ser dentista. Devemos nos casar ano que vem, depois que ela se formar. A coisa foi arranjada por meu pai que não para de repetir que está na hora de eu fundar uma família, como Orlando.

Alzira é magra e alta, quase maior do que eu. Tem a pele branca, os cabelos pretos e o olhar doce. Está tão cheia de bons sentimentos que me pergunto se resta espaço para mais alguma coisa na sua cabeça. Tem tanto interesse por mim quanto eu por ela, ou seja, nenhum. Bem que gostaria de saber o que ela rende na horizontal antes do casamento, mas é melhor nem sonhar. Baltazar me mataria sem piscar.

O fumo do Gordo é uma palha. O desgraçado fez de propósito. Alzira vai cedendo espaço à minha feiticeira de olhos de loba. Só que com Rosa, nada de casamento. Infelizmente. É uma mulher do povo. Neste caso, a bala viria de meu pai. Ainda que ele esteja amolecendo um pouco com a idade. Não faz muito tempo, bastaria pronunciar o nome de Tiago na frente dele para que explodisse. Isso dá uma ideia do caminho percorrido.

Tiago. Depois de deixar Alzira na sua escola de babacas, vou pegá-lo na entrada da fazenda de Sônia Crente. Nem adianta cruzar o portão, ela me botaria pra fora na hora. Eu e ele vamos dar um rolê nos cabarés da região. Enquanto não voltamos pro Rio.

A fumaça do baseado se insinua sob a porta. Levanto do vaso e paro diante do espelho da pia esboçando um sorriso. Parece que meu lábio superior só esperava isso para se arregaçar até a base do meu nariz. Meus dentes se encavalam como se cada um quisesse ser o primeiro a chegar ao ar livre. O canto dos meus olhos se estica até a ponta de minhas sobrancelhas. Uma carantonha econômica, uma pele esticada a ponto de rebentar. Duas veiazinhas palpitam em minhas têmporas, talvez por causa da maconha. Caio na gargalhada, correndo o risco de explodir a cabeça. Minha epiderme se tensiona tanto que escuto as raízes dos meus cabelos pretos rangerem. Minha mãe era uma portuguesa da gema.

Bato a porta do banheiro e contorno sem um olhar o aquário onde trabalha o pessoal da administração. Com a cara enfiada na papelada, estão dando os últimos retoques na avalanche de demissões. Sabem que o corte de pessoal tem que acontecer sem falhas. Inútil lembrá-los de que é a última chance que têm antes de serem eles próprios cortados.

Ao chegar à delegacia do 11º batalhão da PM do Recife Alberico Cruz é revistado e fotografado e registrado e despido e medido e pesado e finalmente jogado numa jaula onde já se amontoam cerca de quarenta homens. Alguns esperam há meses serem transferidos para uma prisão.

Os policiais que o escoltam param diante da grade para pegar as chaves. Cruz lança um olhar apavorado à cela retangular e nua iluminada apenas por uma espécie de postigo de vidro grosso mal e mal translúcido. O chão desaparece sob uma floresta de homens sentados e hirsutos que o observam com olhos divertidos ou cheios de ódio.

A chave range na fechadura. Os PMs abrem a grade e empurram Cruz para dentro. Fecham-na com duas voltas e vão embora com estalidos de botas no cimento bruto. Um frisson percorre a floresta quando Cruz cai de quatro dentro da cela. Ele está tiritante e ridículo na samba-canção azul-bebê que sublinha as gordurinhas de seu corpo coberto de feridas e hematomas. Um rumor cresce. Cruz levanta a cabeça fazendo tudo o que pode para esquivar os olhares. Percebe num canto uma privada esmaltada cheia de matéria fecal. Um caldo violáceo escorre dali. Logo ficará sabendo que a descarga não funciona há meses. O bocal fixado no teto não tem lâmpada.

No fundo da cela detecta um movimento sob o postigo. Seus olhos pousam numa esteira enrolada perto de um caixote que parece servir de escrivaninha – tem uma folha de papel em cima – e então sobem centímetro por centímetro até o rosto do homem sentado de pernas cruzadas atrás do caixote. O homem o fixa. Está sem camisa como todos. É moreno e ossudo.

O moreno faz tranquilamente um sinal para o imenso negro sentado a seu lado. O negro mexe sua carcaça e se aproxima de Cruz passando por cima das silhuetas agachadas. Algumas risadas se fazem ouvir quando o levanta pelo pescoço. Cruz se deixa levar docilmente até o canto da cela onde está o moreno. Todos olham para este com respeito. O negro pousa Cruz de joelho diante do caixote sem largar sua nuca.

Com quem tenho a honra? diz o moreno a meia voz.

Cruz continua com a cabeça abaixada.

O moreno faz um sinal com a mão para o negro. O negro agarra o queixo de Cruz e o obriga a olhar para frente.

Fale. Por que está aqui?

Eu... é...

Mais risadas. O moreno balança a cabeça com uma expressão de desgosto e varre a jaula com um olhar circular. As risadas cessam.

Podem ficar com ele, diz em voz alta. Esse imbecil não vale um centavo.

Cruz logo aprenderá que o moreno se chama Ratinho. E que espera há dois anos ser julgado por uma longa lista de crimes de sangue. Ele reina absoluto na cela. É respaldado por um bando de forçudos que o obedecem cegamente. Decide a ração de cada um. Seu lugar. Se tem direito a continuar vivendo. Segundo critérios que são só seus.

Tem regalias com os policiais. Em vez do sopão dos detentos recebe o prato do dia da lanchonete mais próxima. Preparam-lhe um leito na enfermaria da delegacia cada domingo. Ela está desativada por falta de pessoal. Ratinho recebe ali uma puta escolhida a seu gosto pelos chefes interinos do Mata Sete. Ele é dispensado do despiolhamento que ocorre uma vez por mês numa sala vazia onde trancam todos os detentos para uma aspersão coletiva de DDT. Também tem o privilégio de dormir em casa nas vésperas de festa.

Ratinho extrai seu poder de suas ligações estreitas com a Falange Vermelha: a organização criminosa que reúne os bandidos do Recife dentro e fora das prisões. É o mandatário exclusivo da Falange na delegacia do 11º batalhão e ali manda chover ou fazer sol. Recebe dos policiais cinquenta por cento das cargas de maconha e cocaína apreendidas e revende a seus colegas de cela e a outros policiais. Recruta homens e os forma e planeja todos os tipos de crime a partir da cela. Assaltos. Extorsões. Raptos de caminhões. Sequestros. Arrastões. Os prisioneiros prestes a ser liberados são para ele uma clientela de primeira. Muitos se tornarão braços armados da Falange quando voltarem pra rua. Ratinho se recusa a ser transferido há dois anos. O delegado do 11º batalhão sempre se mostrou compreensivo com ele. Tem apreço pela vida de seus filhos.

Cruz se levanta em meio às piadinhas. Repara num minúsculo espaço livre entre a parede do fundo e a privada. Ruma para lá tropeçando a cada passo num pé ou num ombro ou numa cabeça ou num braço. Os prisioneiros o brindam de passagem com olhadelas e tapinhas cada vez mais insistentes. Pegam sua mão. Sussurram-lhe palavras doces. Apalpam sua batata da perna. Pisa em falso e se estatela ao lado do vaso. Vomita em meio à gargalhada geral e se encolhe e enfia o queixo entre os joelhos para atenuar o ranger de seus dentes.

Ratinho estabeleceu um sistema de turnos para que todos possam dormir à noite. Metade dos homens se deita no piso mijado enquanto a outra metade fica de pé. A troca é feita a cada duas horas. A cada revezamento baratas assustadas se dispersam entre os corpos.

Mas Alberico Cruz não dormirá nem esta noite nem as seguintes. Sob o olhar impaciente ou zombeteiro dos detentos acordados ele será estuprado inúmeras vezes. Os roncos dos outros cobrirão os raros gritos que chegarão a escapar de sua boca sempre amordaçada por uma mão ou uma camiseta. Os guardas da delegacia evidentemente sofrem de um problema de audição coletivo.

A manhã o encontra tremendo de febre e incapaz de articular palavra. Não reage quando seu vizinho se apossa de sua ração de sopa.

Ao anoitecer do quarto dia dois PMs vêm arrancá-lo da cela. É conduzido a uma pequena sala de interrogatório sem janelas e sentado numa cadeira. Um inspetor em trajes civis lê o processo verbal: ele é acusado de homicídio doloso. Cruz quer protestar sua inocência e explicar o engano e falar dos dois matadores mas o inspetor não lhe dá tempo para preparar seus argumentos. Mal abre a boca um sonoro tabefe o reduz ao silêncio. Interrogam-no então sobre a vítima e ele comete o erro de exigir um advogado. O que lhe vale uma chuva de socos. Desmaia e desperta bem depois – a boca ensanguentada e o rosto encostado na privada que demarca seu novo espaço vital.

Uma longa semana passa. Pouco a pouco os outros prisioneiros se desinteressam por sua sorte. Carne fresca chegou entretempo. Cruz se apresenta um tanto emagrecido a seu segundo interrogatório. As gordurinhas não são mais do que uma lembrança. O inspetor em trajes civis o informa com ar satisfeito de que a identidade da vítima foi estabelecida e que dessa vez se fará justiça. Cruz compreende o que o espera vendo um soldado de uniforme instalar sobre a mesa um aparelho maciço com manivelas de metal cinza esverdeado. O agente desenrola os dois fios e os entrega ao inspetor. Que se aproxima com os eletrodos na mão. Ao chegar a Cruz faz sinal ao soldado. Este começa a girar a manivela a toda velocidade. Cruz sacode a cabeça e abre a boca para gritar mas o inspetor enfia a mão suada em cima dela. Cruz fecha os olhos com força. A corrente elétrica o percorre de baixo para cima. Depois volta a descer num raio até a ponta dos dedos dos pés. Suas pálpebras se abrem involuntariamente. Seus cabelos se eriçam. Seu corpo empina.

Um século depois o inspetor faz um pequeno gesto e o PM suado para de girar a manivela. Cruz desmonta na cadeira. Seus olhos estão extintos. Jogam um copo d'água em sua cara.

Adivinha o riso mau do inspetor debruçado sobre ele.

Então?

Alberico Cruz consegue balançar a cabeça. Vinte minutos e duas descargas depois assina uma confissão completa relativa ao assassinato de Teotônio de Jesus Policarpo. O presidente do sindicato dos trabalhadores rurais de Quipapá. Sim: ele tentou lhe extorquir uma comissão extra. Sim: a coisa esquentou. Sim: ele lhe deu dois tiros e o arrastou até a banheira onde acabou com ele para que não falasse nada cortando sua garganta com uma faca de carne encontrada na cozinha do imóvel. Sim: o revólver pertencia à vítima e ele se apossou dele aproveitando um momento de desatenção. Em pânico jogou as armas do crime no estuário ao sair do prédio. Sim sim e ainda sim: ele agiu sozinho.

O processo verbal assinado parte diretamente para o tribunal. Cruz é levado de volta para a cela.

É sábado e a última equipe de trabalhadores deixou a usina ontem à noite. Pronto: a safra acabou. Só resta limpar e replantar – e o sufoco desses três meses não será mais do que lembrança. Finalmente vou poder me dedicar ao que importa, a mina. Ninguém mais vai vir me encher o saco com essas histórias de demissões abusivas, de restrições orçamentárias e de produtividade insuficiente. Amanhã, se tiver tempo, vou dar uma boa cavalgada no meu alazão para espairecer um pouco. Nossas terras são tão grandes que dá para galopar do amanhecer até o crepúsculo sem chegar ao fim.

Gosto sobretudo dos altos morros que barram o horizonte ao fundo de nossas últimas plantações de cana. Dá pra ver de muito longe. Depois, é o sertão. Suas pontas escuras ultrapassam os morros mais baixos como os dentes de uma armadilha para lobos. Tudo é tão seco do outro lado que só crescem cactos e arbustos. Adoro passear lá entre os picos rochosos, com o fuzil no ombro. Foi assim que um dia peguei um tatu que pesava fácil uns quinze quilos. Comemos em bifes no dia seguinte, na mesa familiar. O velho tava louco de contente. Ele adora tatu.

Desde moleque, evito ficar muito na fazenda. Posso ser vinte centímetros mais alto, mesmo assim papai me intimida com sua mania de meter o bedelho em tudo. Volta e meia me dá vontade de dizer para ele que, aos vinte e sete anos, não sou mais nenhum bebê. Mas como sei que ele não vai gostar, guardo meus pensamentos para mim.

Quando assumiu os negócios da família, após a morte do meu avô, ele tentou diversificar as atividades dos Carvalho, lançando-se na criação de gado. Até hoje, continuamos a empregar alguns dos melhores vaqueiros de Pernambuco, conhecidos de Recife a Salvador. Pois bem, isso não o impede de ir aporrinhá-los sempre que pode no curral. Mas tenho que admitir que ele entende da coisa. Minha família evidentemente não esperou o Pró-Álcool para entrar no ramo do açúcar – é o que ela faz há três séculos – mas o velho investiu pesado na pecuária nos anos sessenta.

Quando não tem nada para malhar nos vaqueiros, vai apoquentar as mulheres na cozinha, ou cacetear os jardineiros. Mandou vir um monte de flores bizarras da Inglaterra e da Holanda. E gasta fortunas para fazê-las aguentar o clima daqui. O sol de Pernambuco as calcina e nossas chuvas as espezinham. Mandou construir uma enorme estufa refrigerada. Quando vai passear nela, todo mundo respira na fazenda. Todos sabem que é capaz de ficar duas horas na frente de uma fileira de tulipas.

Papai não gosta de ser contrariado. Tudo tem que ser do jeito dele. Chego a pensar que minha mãe está mais feliz lá onde está. Teria acabado estourando. Minha ama de leite pintava ela pra mim como uma princesa impecável em tudo o que dizia respeito às boas maneiras. Muito apegada à etiqueta, ao que parece. Ela vinha da alta sociedade. Passara a maior parte da infância num internato suíço. Seus pais possuíam a maior fábrica de tecidos do Recife. Parece que eram mais dotados para os salamaleques do que para os negócios. Apesar dos fundos trazidos por meu pai, não conseguiram se reaprumar. Foi tudo fechado, vendido, demolido.

Nunca entendi o que minha mãe viu nele, ele que nunca soube nem com que mão segurar o garfo. Talvez minha ama exagerasse um pouco nas suas histórias. Vai saber: o velho nunca fala disso. Não tolera que se pronuncie o nome de mamãe. Ela se chamava Eleonora. Eleonora Maria de Albuquerque Carneiro Moraes, só isso. Ele escondeu também todas as suas fotos. Uma coisa é certa: ele a levou para o altar. Nasci dois anos depois do Orlando.

E ela morreu.

Penso em Tiago. Ele voltou para a mina, eu encomendei o mercúrio. Assim que o tivermos, vamos acelerar a produção. Ninguém sabe de nada. É o nosso segredinho. Prefiro passar por um pamonha aos olhos do meu pai. Um burro. Qualquer coisa, desde que ele não desconfie de nada. O sucesso de nosso projeto depende disso. Se ele descobrir alguma coisa, vai me forçar a largar tudo. Não temos a mesma concepção dos negócios. Só posso mostrar pra ele quando tudo estiver consolidado.

Com Tiago é diferente: confio nele. Conheço-o desde sempre. Passamos a infância aprontando juntos. O que me valeu algumas surras. Meu pai me proibiu de vê-lo por muito tempo, por causa de sua briga com a Sônia Crente, mas parecíamos imantados um pelo outro. Ele preferia que eu convivesse com meu irmão mais velho, mas nunca consegui me entender com ele: Orlando só se interessava por livros e maquetes. Como não tinha outro amigo, teimei, e papai acabou fazendo vista grossa. Com o tempo, as coisas muitas vezes acabam se arranjando. Basta ver o que aconteceu entre meu pai e Tiago.

Também não vou dizer que meu meio-irmão é um santo, porque ele me esconde um detalhe e tanto. Não sou idiota. Adivinhei a verdade faz tempo: ele é louquinho pela Rosa. Está escrito na sua cara de sapo. Só pelo jeito que fala dela fingindo que não tá nem aí percebo que o sangue dele ferve. E eu o vi muito bem comendo-a com os olhos numa noite em que eu estava dançando com ela no Quilombo. Cochichei no ouvido de Rosa. Ela se contentou em dizer sorrindo que tinha notado mas que eu não tinha nada a temer. Rosa sente as coisas. Resolvi deixar rolar. Tiago não tem a mínima chance.

Depois da janta, saio para tomar uma cerveja na varanda da fazenda com meu pai e Sergipe, o chefe dos vaqueiros. Estamos tomando nossa Brahma num silêncio tranquilo, apenas rompido pelo farfalhar das bananeiras ao sabor da brisa e pelos tapas que nos damos cada vez que uma muriçoca pica, quando vejo a luzinha vermelha acender do lado direito de meu campo de visão. A seguir um pigarro eletrificado. Viro-me para o velho. Ele usa um amplificador desde que arrancaram suas cordas vocais. Um treco que Orlando contrabandeou de Miami. O anel de metal que cerca seu pescoço está equipado com um microfonezinho ligado por um fio a uma espécie de aparelho de rádio que ele arrasta o dia todo a tiracolo. Ele anuncia sem preâmbulos que devo estar em casa sem falta amanhã ao meio-dia.

O senador Sampaio vem almoçar.

Sem tempo para réplicas: ele já desligou o amplificador. Adeus passeio a cavalo. Sampaio não é qualquer um. Um peso pesado político. Não curto muito quando ele vem almoçar porque a conversa vai longe. Fico enfastiado, mas o velho faz questão de que eu participe desses almoços. Normalmente contento-me em escutá-los distraidamente. Papai acha que são oportunidades imperdíveis. Um dia ele me confiou que quer que eu esteja maduro para assumir a destilaria quando ele esticar as canelas.

O mínimo que se pode dizer é que a perspectiva não me empolga. Sei que é uma roubada da porra. Basta abrir qualquer jornaleco de Recife, é sempre a mesma lenga-lenga: se a cotação do petróleo não dobrar nos próximos dez anos, os produtores de cana do Brasil vão todos para o saco. A venda de carros a álcool não para de cair. Ninguém quer, todo mundo prefere gasolina.

E todo mundo tem razão: arranca melhor, anda mais rápido e rende mais. Não deixa você na mão quando faz menos de quinze graus, pergunte pro pessoal de São Paulo ou de Curitiba. Mas meu pai é um cabeça-dura. Diz que é preciso persistir. Que o petróleo um dia vai acabar. Que nossa salvação virá da Europa. Enquanto isso, com o caixa sempre no negativo, ele dança o tempo todo numa corda bamba danada. Devo reconhecer que, com os seus colegas usineiros, ele se vira bastante bem para adiar sempre mais o pagamento dos credores. Sozinho, papai deve algo como cinquenta e cinco milhões de dólares ao Banco do Estado do Pernambuco. Há dois anos, o Bandepe praticamente faliu quando ele se recusou a saldar uma parcela de sua dívida. Todas as agências ficaram fechadas por seis semanas, apesar das filas que davam a volta nos quarteirões. Felizmente, o governo federal acabou pondo a mão no bolso. Mas o incidente pode se repetir, ainda mais que os civis voltaram ao poder. Essa usina é um presente de grego. Orlando entendeu isso. Há cinco anos que pulou fora.

Não tenho a menor intenção de ficar entalado nessa, sobretudo porque agora tenho um projeto infernal. Eu e Tiago só estamos esperando a faísca que nos mandará para o paraíso. Daqui a dois anos, pode escrever, vou poder me aposentar. Logo vou aparecer na frente do velho com uma montanha de dólares. Vou lhe anunciar que ele pode calçar suas pantufas, que não vai mais precisar se estressar com essas histórias de álcool. Simples questão de paciência e discrição. Fico deprimido vendo ele se matar o dia inteiro para manter a cabeça fora d'água. Ele passa o tempo todo negociando com politiqueiros corruptos até o osso que se deixam embriagar muito fácil pelas fanfarras e tapetes vermelhos de Brasília para defender nossos interesses.

Esparramado na rede, olho os morcegos esvoaçando entre os esteios da varanda. Um milhão de estrelas brilham no céu. A minha deve ser uma delas. Esse ano a chuva está demorando. Pouco a pouco um martelar de cascos surge da noite. Sou o primeiro a ver Tobias, o administrador do Bico do Papagaio – nossa maior plantação – chegar a galope. Salta do cavalo e corre para o meu pai. Sem fôlego.

Seu Moacir, seu Moacir! Os peões estão furiosos. Perderam as estribeiras. Se juntaram na frente da minha casa gritando. Assim. De supetão. Eu tava dormindo tranquilamente e de repente já estavam ali. Quando saí, eles gritaram ainda mais alto. Estavam com machados e facões. Atirei para cima tentando acalmá-los, mas isso só fez excitá-los ainda mais. Quase me lincharam.

Depois de escutá-lo impassível, meu pai ajusta o microfone na garganta e liga o amplificador. Sua calma sempre me surpreenderá.

Não devia ter atirado, Tobias. O que deu neles?

São as demissões, patrão. Dizem que não vão aguentar o inverno. Acham também que o sindicato está fazendo eles de palhaços. Querem saber onde anda o Policarpo. Parece que ele desapareceu com o caixa. Falam em fazer greve.

A lembrança do sindicalista volta a me incomodar. Pensei que estivesse blefando quando me disse que o clima estava tenso nas plantações. A coisa parece estar mais séria do que eu imaginava.

Observo Tobias. Está morrendo de cagaço, mas aposto que meu pai o intimida mais do que aquele bando de matutos enervados.

Você é o administrador do Bico, diz papai. Acalme-os.

Mas... como, patrão?

Te vira. Se eles fizerem greve, você é que vai pagar.

Tobias abaixa a cabeça.

Eles vão acabar comigo, seu Moacir.

Papai suspira.

Quem são os líderes?

Zuzu, Afonso... Tarcílio.

De novo?! Eu disse para dar uma lição neles.

Pensei que estivesse resolvido, patrão, juro.

Meu pai larga a cerveja e levanta de sua poltrona de ratã.

Venha comigo, Kelbian. Vamos chamar a PM para qualquer caso. Não quero saber de desordem nas minhas plantações. Você, Tobias, vá buscar o Bicudo e o Seixas. Amanhã é dia de feira, devem estar no abatedouro. Sergipe, vá com ele. Vocês quatro juntos hão de conseguir esfriar essa matutada.

Sergipe já está de pé. Eu também.

Quer que eu vá com eles, pai?

Não precisa. É o trabalho deles.

E quanto ao sindicato, patrão? diz Tobias. O que fazemos?

Não se preocupe com o sindicato. Vou convocar o suplente do Policarpo para tirar tudo isso a limpo. Como ele se chama mesmo?

Campelo, digo, Jair Campelo.

Tobias sai atrás de Sergipe. Com os ombros baixos.

Esse Tobias é um molengão, resmunga papai seguindo-o com os olhos, parado na soleira da sala. Vou ter que me livrar dele.

Os dias e as noites escoam com a lentidão de um magma. Cruz perdeu todas as referências. Há quanto tempo está preso? Duas semanas? Três? Um mês?

Cinco travestis detidos no bairro do porto são postos na jaula uma manhã e é aquele alvoroço. A incrível magreza de um deles é mais sublinhada do que qualquer outra coisa por seu blush berrante. A quota máxima de ocupação definida por Ratinho é amplamente excedida.

Todo mundo exceto Cruz parece conhecer as consequências dessa situação. Ele também logo entenderá.

Sob a presidência de Ratinho procede-se naquela mesma noite a um sorteio entre os quinze prisioneiros que não pertencem à Falange Vermelha. Para tanto utilizam-se pedacinhos de papel entre os quais um está marcado com um círculo preto. Os participantes pegam em silêncio um papelzinho numa caixa de papelão e o apresentam a Ratinho que o abre à luz de uma caneta-lanterna.

Chega a vez de Cruz.

Ratinho ilumina seu papelzinho.

Branco.

Cruz vai se sentar de novo perto da privada. Alguns instantes depois um cara alto e grisalho solta um grito. Os homens da Falange o amordaçam.

Doze PMs armados com fuzis de assalto penetram na cela na manhã seguinte para tirar seu cadáver azulado pela asfixia. Cruz fica prostrado no seu canto e acompanha a operação apavorado.

Há um novo sorteio na noite seguinte. E um novo cadáver de manhã. Um dos travestis. A tensão aumenta a cada hora.

Os homens se mexem como feras. Por volta das dez horas o delegado Agamênon Gadelha se apresenta em pessoa diante da grade para exigir o fim das execuções. É um homem refinado de bigode espesso e têmporas grisalhas. Seu terno de linho vale trinta ou quarenta salários mínimos. Ao seu redor um cordão cerrado de policiais militares mantém os detentos em mira.

Mas Ratinho não quer nem saber das promessas e ameaças do delegado. Cruz o ouve responder que as execuções continuarão ainda por três noites. Assim decidiu a Falange Vermelha.

O terceiro sorteio ocorre no meio da noite.

No meio do ritual uma explosão de luz fende a escuridão. Seis PMs armados se postam frente à grade. Outros vinte se alinham com os cassetetes na mão de ambos os lados do amplo corredor. Dois grossos feixes de lanterna varrem o interior da jaula. Um rumor surdo se eleva. Um sargento abre a grade gritando:

Acabaram-se os bilhetinhos. Todo mundo pra fora. Rápido.

Ratinho se levanta.

Sem chance. Não vão, rapazes. Estão preparando um corredor polonês para nós.

Cruz desdobra sorrateiramente o papelzinho que acaba de pegar à claridade vacilante das lanternas. Desta vez o círculo preto é dele. Crispa os maxilares e se deixa cair na privada às suas costas. O sargento prossegue com suas intimações. Ninguém reage à terceira delas então faz sinal a um de seus homens. Este avança dois passos e joga uma granada de gás lacrimogêneo entre as grades.

Os prisioneiros afluem para a porta num caos monumental e não têm outra opção senão passar correndo entre as duas fileiras de policiais que distribuem cacetadas. O corredor serve três portas mas só uma – a da esquerda – está aberta: todos se enfiam ali em fileira.

Não mais do que quinze metros a percorrer. Mas parece uma maratona para Cruz. Faz o que pode para proteger a cabeça mas leva vários golpes nas costas e nos rins e nas pernas. Acaba alcançando a onda de homens que se amontoam na sala sem janelas andando literalmente uns sobre os outros. A pressão aumenta atrás dele cada vez que um novo prisioneiro chega sob uma chuva de golpes. Cruz está com a cara enfiada numa nuca sebosa e começa a ficar sem ar. Sente seus pés descolarem inexoravelmente do chão. Os xingamentos chovem.

Não cabe todo mundo aqui dentro!

Querem nossa pele! Vão nos matar!

Um tiro no corredor. Outro. Depois de alguns segundos de hesitação os homens empilhados na sala exígua são aspirados em direção à porta por um poderoso movimento de refluxo. Alguém conseguiu pegar a arma de um PM e atira em tudo o que veste um uniforme. Dois tiras de capacete desabam em meio à gritaria e são despojados de suas armas. O tiroteio aumenta. Os policiais recuam em fileiras cerradas deixando vários colegas no chão.

Cruz é carregado pela massa e volta por sua vez para o corredor coberto de corpos. Os prisioneiros invadem os escritórios da delegacia e se lançam em direção à saída. Agachados atrás das mesas vazias alguns PMs disparam no que veem. Ao menos dez detentos conseguem chegar à rua apesar do fogo cerrado.

Cruz é um deles.

Os fugitivos se dispersam pela rua. Perseguidos por pencas de policiais desorientados. Alberico Cruz vai atrás do gigante negro que o arrastou até Ratinho no dia de sua chegada. O negro parece voar mais do que correr.

Desembocam numa avenida deserta. Ao lado um terreno baldio camuflado por uma interminável série de outdoors. Continuam a correr pela calçada da direita. Só depois de ultrapassar os dois últimos outdoors – Petrobrás e Pitu – é que Cruz ousa dar uma olhada por cima do ombro. Ninguém à vista. Os gritos e os tiros cessaram. Escuta apenas seus próprios arquejos. A silhueta do negão diminui à sua frente. Uma sirene começa a mugir a quinhentos ou seiscentos metros dali. Os policiais devem ter se organizado para caçar os fugitivos de carro. Cruz desiste de seguir o negro que continua correndo e passa a cada três segundos pela luz de um poste. Atravessa a avenida numa puxada e entra numa passagem estreita entre dois depósitos.

Suas forças o abandonam à mesma velocidade que o barulho das sirenes se intensifica. Se encosta sem fôlego numa parede de tijolo e espera. Uma veraneio da PM passa a toda pela avenida de que ele acaba de sair. A luz vermelha do giroflex ilumina por uma fração de segundo seus traços convulsionados. A escuridão volta. Uma rajada de submetralhadora crepita alguns segundos depois.

Um grito. Silêncio.

Cruz se enfia na passagem com a energia de um animal acuado. Corre e corre na ruazinha ladeada por hangares que nunca acabam. O suor e as lágrimas queimam seus olhos. Corre até não conseguir dar mais um passo. Até ter consumido absolutamente toda a energia que lhe resta depois de dezoito dias e dezenove noites de prisão. Se estatela de cara no asfalto no halo laranja de um sinal que pisca para ninguém na esquina de uma avenida vazia. O mundo começa a girar e se torna cada vez mais opaco até se dissolver numa sopa preta constelada de fosfenos.

Uma mão invisível sacode seu ombro. Cruz entreabre as pálpebras mas não discerne mais do que uma longa sombra debruçada sobre ele. Desmaia.

Volta a si. Tem a impressão de flutuar como um astronauta em gravidade zero.

Um par de olhos repuxados se destaca por um instante do cosmos crivado de estrelas.

Sua nuca entra em contato com uma maca mole e fedorenta. Um ronco de motor cada vez mais forte invade o silêncio. A abóbada celeste se eclipsa de uma só vez. Cruz está agora no escuro total. O motor se cala. Seus dedos roçam um papelão úmido alguns centímetros acima de seu rosto. Recolhe-os imediatamente e fecha o punho escutando o começo de uma conversa que o papelão o impede de compreender.

O ronco renasce. Alguém limpa a garganta e cospe. Cruz sente sua cabeça descer e seus pés subirem. Sua maca mole se inclina a quinze graus e se põe em movimento. O barulho do motor se afasta na noite que finda.

Na manhã seguinte, pelas onze horas, o para-choque cromado do Opala preto do senador Sampaio surge na ponta da aleia e desliza sem ruído até o alpendre da fazenda. Como sempre, o motorista tem que ajudar o senador a tirar toda sua banha do banco de trás. Se continuar inflando assim, daqui a pouco vai precisar de um guindaste. Sampaio veste um terno de linho branco. Debaixo do panamá, um arco de cabelos pintados de preto camufla até certo ponto sua cabeça de ovo. Sua bengala de bambu verga perigosamente assim que põe os pés no chão. Sob as mangas do paletó florescem duas auréolas de suor do tamanho de um prato de sopa. E ainda perguntam por que a política me dá nojo!

Todos se abraçam, então meu pai faz sinal para que ajude o ilustríssimo a escalar os degraus da varanda. Carrego-o em parte até o grande salão onde uma criadinha vem nos servir um Black Label. O senador assobia como uma foca secando a moça e faz uma piadinha sobre as mulheres da região.

Realmente deliciosas, diz ele. É um regalo vê-las andar na beira das estradas, e podem crer que não perco a oportunidade. Esse frescor, essa naturalidade no porte, esse rebolado, Senhor, e esse olhar cheio de uma espécie de candura meio selvagem, meio sem vergonha. Sao coisas que nao se encontram mais na cidade. Chego quase a sentir nostalgia do estado natural. Para que nos servem as sofisticações burguesas? Cada vez que venho aqui, caro Moacir, é como se mergulhasse na fonte da juventude. Se soubesse como invejo seu filho.

Dá um tapinha na minha coxa com sua mão gorda onde cintila um anel de vinte e quatro quilates. O senador, bem sei, aproveita regularmente suas viagens no interior para levar para o Recife uma menina da região. A carne ultrafresca é seu pecadinho. Ele a mima por algum tempo em seu palácio às margens do Capibaribe e depois, como se cansa rápido, seu motorista come o trajeto de ida e volta – e a garota de lambuja – para levá-la de volta a seus pais com um maço de cruzados.

Ah, esse fogo que elas têm, esse belo elã vital. Como queria ter sua idade, Kelbian. Sua potência. Por que a juventude tem que passar tão rápido? Nós, os velhos, temos que nos contentar com prazeres menos atléticos, não é mesmo, Moacir?

Ele lambe os beiços com gulodice. O amplificador de meu pai cospe uma pequena onda de parasitas. Eu e o senador o conhecemos suficiente para saber que é uma risada. Eles trocam um olhar cúmplice. No entanto, papai nunca fala de sacanagem e não sei de nenhuma amante sua. Imagens de orgias no Palácio da Ribeira surgem no fundo de minha cabeça.

O senador volta a ficar sério assim que a criada sai.

A delegação voa para Brasília amanhã de manhã, diz ele, massageando a têmpora com ar pensativo. Não quer mesmo vir conosco, Moacir?

Meu pai toca em seu microfone e responde:

Para quê? Com essa tralha, não sirvo pra muita coisa. Além disso, canso logo.

Poderia passar aqui e pegá-lo. Sua pista é longa que chega para um Learjet, não é?

Sim. Mas prefiro deixar isso com o senhor. Sei que se vira muito bem sem mim. Conheço sua competência. Vão primeiro para o Congresso?

Sampaio faz que sim com a cabeça:

Veremos também o ministro de Minas e Energia. É ali que a coisa vai se decidir. Parece que ele é simpático à nossa causa, mas tenho certeza de que sua presença nos daria um peso suplementar. Com o senhor, a caravana dos produtores de álcool de Pernambuco estaria completa. Essa anistia pode salvar nossa indústria.

Confio no senhor, senador. Saberá fazer valer nossos argumentos. Se fôssemos para a mesa?

No fundo, diz Sampaio, levantando com esforço e me dando o braço, o senhor é que tem sorte, Moacir. Como gostaria de poder ficar em minhas terras, aproveitar o ano inteiro desse ar puro e da beleza desses morros. A vida política não tem só vantagens. Entre Brasília, meu gabinete e todas essas reuniões a que sou obrigado a comparecer, não tenho um minuto para mim. Volta e meia me pergunto por que fui entrar nessa vida.

E assim partimos a passos de tartaruga para a sala de jantar, meu pai na frente e nós atrás.

Como vai a campanha? pergunta o meu velho.

O tríceps flácido do senador se contrai vagamente sob meus dedos.

Oh, as pesquisas não são muito animadoras, mas temos tempo de sobra para inverter as coisas. O problema é que nosso caixa está quase vazio. Falta – como dizer? – aquele pequeno extra de tesouraria que nos daria um impulso decisivo. Algumas centenas de milhares de dólares no máximo.

E afasta o polegar e o indicador.

Não deve ser muito difícil de conseguir, diz meu pai, instalando-se na ponta da mesa. Pode contar com meus votos, como sempre.

Sinto o senador relaxar enquanto o sento numa cadeira de ébano com o espaldar esculpido. Nossa família controla cerca de oito mil e quinhentos eleitores: nossos trabalhadores fichados e todos os seus familiares maiores de idade. Nos dias de votação, enviamos toda nossa frota de caminhões pelos morros afora. É um espetáculo vê-los indo e voltando o dia inteiro, zumbindo como abelhas. Vão pegar os peões nas vilas e levam as famílias inteiras até as urnas. Chegando lá, é aquela festa: comida e bebida à vontade para todos. Sampaio lambe os beiços ao ver as caudas de lagosta que o mordomo lhe apresenta, um gaúcho loiro e polido como um seixo, que enrola incrivelmente os Rs. Assim que é servido, começa a degustar em silêncio, produzindo de vez em quando um pequeno estalido das mandíbulas. O sujeito sabe o que é bom.

E por aqui, como andam as coisas? pergunta, quando esvazia o prato.

Não chega a ser um mar de rosas, diz meu pai. O sindicato tem dificuldade em controlar a mão de obra rural. Acho que é um problema de direção. Talvez também de consciência cívica. Os cortadores não querem entender que estamos em crise. Ainda ontem à noite, alguns agitadores quase provocaram um levante numa de nossas plantações. O sindicato ficou a ver navios. A situação podia ter degringolado.

O senador pousa seu copo com uma careta – como se nosso Botticelli tivesse virado vinagre.

A polícia interveio?

Não chegou a esse ponto. Meus homens restabeleceram a ordem.

Feridos?

Quase nenhum. Tivemos que corrigir os mais excitados, mas logo sairão do hospital. Somos obrigados a nos defender.

E como, reforça Sampaio. Com esses peões pode-se esperar o pior. Hoje em dia, os padres e os sindicalistas andam de mãos dadas para semear a subversão. Já ouviu os sermões do padre alemão da igreja de Palmares? Alguns começam até a falar em invasões organizadas das terras dos plantadores. Só falta um passinho para que voltem a levantar a bandeira da reforma agrária... Devia ver, Moacir, devia ver. Que lavagem cerebral. Apostam na ingenuidade de nossos pobres para encorajá-los a fazer besteiras. É de se perguntar para que servem as leis. Para que serve a democracia. Para que servimos nós, parlamentares.

O senador limpa o canto da boca.

Hoje, concorda meu pai, os padres são quase todos comunistas. Conheço um plantador de algodão de Arcoverde cujas terras foram invadidas mês passado por duzentos ou trezentos matutos. Chegaram de noite, com mulheres e filhos. Quando a PM finalmente decidiu intervir, foi recebida a tiros de fuzil e estilingue. Tiveram que chamar o exército. Quatro soldados morreram durante o assalto. E, por acaso, tinha um padre no meio da história. Um desses malditos discípulos do frei Boff.

É uma aberração, diz Sampaio. Eles acham que estão em Cuba? Ainda bem que o novo arcebispo do Recife parece disposto a dar um jeito nisso. Mas vocês não têm esses problemas em Quipapá, têm?

O velho faz um sinal para o mordomo sair antes de responder:

Sempre fiz o necessário para manter o controle da situação. É preciso saber administrar o sindicato. Faço questão de que a ordem reine em minhas terras. Nossa família possui essas plantações há nove gerações. Mas devo reconhecer que a crise atual não está facilitando as coisas.

A reforma agrária acabará acontecendo de qualquer jeito, intervenho. Os militares não estão mais no poder.

Seus olhares convergem para mim. Depois de um segundo de estupor, Sampaio explode numa gargalhada tonitruante.

Ah, esses jovens. Como eu gostaria de poder me contentar assim com a superfície das coisas. Pois saiba que os militares não estão longe, meu caro Kelbian. Vejo que ainda está verde em matéria de política. Conheço bem nosso presidente e posso lhe garantir que esse tipo de baderna jamais entrará em seus projetos. Acrescentaria até, para tranquilizá-lo totalmente, que, mesmo que um dos seus sucessores deseje a reforma agrária, ser-lhe-á impossível realizá-la. Não apenas o Congresso se oporia, mas nossos amigos do exército não hesitariam em intervir se ele tentasse forçar a barra. O que, diga-se de passagem, não seria nada mau. Não esqueça que o Pró-Álcool é obra deles. Não, francamente, pode dormir tranquilo. Vivemos num país livre. A propriedade privada é e continuará sendo um direito inalienável.

Meu pai não para de balançar afirmativamente a cabeça. Inútil replicar, sinto que vou levar outro pito. Afinal, cada macaco no seu galho. Se esses dois querem me tomar por um imbecil, problema deles: logo terei a oportunidade de provar que estão enganados.

Na sobremesa, o mordomo vem anunciar a visita do coronel Diogo.

Falando no lobo... escarnece o senador.

O chefão da PM em Quipapá faz sua entrada alguns segundos depois. Avança na ponta dos pés, como se estivesse em manobra e temesse sujar nosso tapete persa. Mesmo à paisana, esse idiota fede a verde-oliva. Diogo tem o corpo seco, o maxilar quadrado como um bunker. A sobrancelha desgrenhada e os cabelos de palha de aço. Meu pai o convida com um gesto a tomar café conosco.

Diogo tira seus óculos escuros e senta.

Seu Moacir, declara em tom de lástima, fazendo girar seu busto em direção a meu pai, preciso lhe falar do presidente do Sindicato dos Trabalhadores Rurais de Quipapá.

Policarpo? Estava mesmo me perguntando onde ele andaria. Tenho duas palavrinhas a dizer para ele. Contam que fugiu com o dinheiro do sindicato. Tem notícias dele?

Diogo mexe seu café a toda velocidade, como se a colherinha de prata queimasse seus dedos.

Está morto. Foi encontrado assassinado.

O velho pousa sua xícara.

Ah. Sério? Onde?

No Recife. Degolado numa banheira com duas balas no peito. Num apartamento da Rua da Aurora. O assassinato se deu no dia 8 de abril. Faz quase duas semanas, mas Policarpo só foi oficialmente identificado há três dias.

Diabos, exclama o senador olhando para meu pai. Isso pode lhe causar problemas. Um sindicalista assassinado é sempre um aborrecimento.

O velho concorda sem tirar os olhos do coronel.

Prossiga, Diogo. O que aconteceu? Vocês têm uma pista?

Diogo marca uma pausa, então:

Nossos colegas detiveram um suspeito.

Bravo, aplaude o senador. É bastante raro, merece ser comemorado. Não nos deixe curiosos, coronel. Quem é?

Um tal de Cruz. Empregado numa agência imobiliária. Ficha limpa. De acordo com o relatório de investigação preliminar, eles não se conheciam. Mas esse Cruz tinha acabado de alugar para Policarpo o apartamento onde o crime foi cometido. Uma patrulha o deteve na via pública quando estava fugindo. Os investigadores acreditam na tese de uma tentativa de extorsão que teria descambado em conflito seguido de assassinato.

Isso é o que chamo de uma investigação bem conduzida, sorri Sampaio. Diga-me, esse Cruz confessou?

Sim.

Mas por que o matou? Qual foi o motivo?

Certamente, a grana, digo. Policarpo não tinha fugido com o caixa?

Cruz não tinha consigo mais do que quinhentos ou seiscentos cruzados quando foi detido, objeta Diogo.

Talvez tenha tido tempo de esconder o resto, replico.

O suspeito se explicou sobre seu gesto? pergunta o senador a Diogo.

Sim. Ele reconheceu de fato ter tentado extorquir uma comissão extra à sua vítima. A discussão teria esquentado.

Excelente, excelente, diz Sampaio. O caso está encerrado, portanto. Melhor assim.

Não é bem assim. A imprensa de oposição resolveu se apoderar dessa história. Os senhores logo perceberão. Ainda mais que restam alguns pontos mal esclarecidos.

Quais?

Em primeiro lugar, as armas do crime não foram encontradas: um revólver calibre 38 e uma faca de carne. Cruz afirma tê-las jogado no estuário, mas as buscas não deram em nada até aqui. Além disso, ficamos sabendo pelo suplente de Policarpo que ele tinha levado consigo certo número de documentos de contabilidade da destilaria e do sindicato ao sair de Quipapá. Esses documentos permanecem sumidos.

Pode tê-los escondido em qualquer lugar, diz meu pai. Na casa de amigos, parentes, num depósito. Talvez não os levasse consigo.

Por certo, responde Diogo. Mas isso não explica o que estava fazendo naquele apartamento, em Recife.

Talvez tenha aproveitado uma reunião de sua central para tirar umas pequenas férias, digo. Seria bem do seu estilo.

Tudo foi verificado, afirma o militar. A próxima reunião da central do STR ocorrerá daqui a mais de um mês, em junho. Não, tudo indica que ele buscava a clandestinidade. O contrato de locação feito por Cruz foi encontrado no local do crime. Policarpo tinha lhe dado um nome falso: Silva. Reconstituímos seu percurso. Em cinco dias, ele mudou três vezes de hotel, antes de alugar esse apartamento perto do porto. Cada vez sob uma identidade diferente.

É de fato intrigante, admite o senador.

Policarpo deixou Quipapá como um ladrão, diz Diogo. E não deu mais nenhuma notícia.

Isso não me surpreende, digo. Policarpo *era* um ladrão. Surrupiava o caixa havia anos. Talvez seus camaradas tenham acabado percebendo também. Ele parecia acossado da última vez que nos vimos. Devia estar sentindo que o vento estava mudando. Na minha opinião, ele preferiu dar o fora para evitar maiores problemas.

Diogo se vira para mim e pergunta:

Quando foi a última vez que se viram?

Acho que Kelbian tem razão, intervém meu pai. Esse homem fugiu levando o máximo de dinheiro possível e todos os documentos que podiam comprometê-lo.

Diogo tenta sustentar o olhar do velho, mas acaba baixando os olhos para suas mãos nodosas.

Nesse caso, resmunga, talvez não seja totalmente absurdo considerar a hipótese de que outra pessoa o tenha matado.

Esse merda de verde-oliva está começando a me emputecer com suas insinuações. Lanço:

Ele confessou, Diogo. O senhor acaba de dizer. Como se chama mesmo o sujeito?

Cruz. Alberico Cruz. Mas, francamente, os senhores imaginam um agente imobiliário matando um de seus clientes por alguns mil cruzados?

Hoje em dia, responde secamente o senador, as pessoas se matam por um pedaço de pão. Anteontem mesmo, li na *Folha* que um cobrador de ônibus esfaqueou um passageiro que exigia seus quinhentos cruzados de troco. Em matéria de crimes, nada mais me surpreende. Convenhamos, Diogo, vocês têm um culpado e um motivo. As armas acabarão sendo encontradas pela brigada fluvial. O que mais podem querer?

O coronel se contorce na cadeira.

Nada, senhor senador. Eu... queria apenas avisar o Sr. Carvalho.

E eu lhe agradeço, coronel, diz meu pai. Tomarei as medidas necessárias com o suplente de Policarpo. Talvez seja necessário considerar a possibilidade de eleições antecipadas. É sempre um prazer tomar café em sua companhia, mas não gostaria de retê-lo por mais tempo. Sua senhora deve estar esperando. Bom domingo, coronel. Kelbian vai acompanhá-lo, estou com um pouco de dor nas costas.

O velho me dirige um sinal de cabeça e eu me levanto a contragosto. Nunca fui com a cara desse Diogo e sei que a recíproca é verdadeira. O coronel abre a boca como se ainda tivesse algo a dizer, então volta a fechá-la e também se levanta. Despede-se de meu pai e do senador e me segue em direção à saída, de queixo reto. Seus maxilares se contraem a cada passo. Aposto que seu cu também.

No alpendre da varanda, ele dá meia-volta e me encara. Uma chama de ódio dança em seus olhos, mas permaneço impassível.

Viram-no em Recife dia 7. Confirma?

E daí? Vou lá três vezes por mês. O que quer dizer essa pergunta?

Ouvi dizer que teve uma discussão calorosa com Policarpo antes da partida dele, diz voltando a colocar seus óculos escuros. Estavam brigados, ao que parece?

Saquei a dele. Acautelou-se diante de meu pai, mas comigo acha que pode pôr as asinhas de fora. Seguro-me para não jogá-lo escada abaixo. Quem falou para ele de minha discussão com Policarpo? Foi na porta de meu escritório. Só minha secretária pode ter escutado. Vou ter que passar um sabão nessa maldita quatro-olhos.

Caso não saiba, coronel, sou diretor de pessoal da destilaria. Estava em contato frequente com Policarpo no quadro de minhas funções. Ponto final.

Parece nervoso. Alguma coisa o incomoda no que acabo de dizer?

Faria melhor em voltar para os braços de sua senhora. Foi o conselho que meu pai lhe deu, lembra?

Ele desce três degraus. Então, para.

Tem sorte de ser protegido, Kelbian. Aproveite. Não vai durar para sempre.

Espere sentado, morrinhento.

Diogo empalidece a olhos vistos mas continua descendo. Vira-se para mim uma última vez ao abrir a porta do carro. Esse bosta está de olho em mim. Terei que falar com o velho sobre isso.

Encontro-o com o senador na sala, onde acabam de se instalar para o licor. Difícil dizer por que, mas tenho a impressão de incomodar. Assim que me vê, Sampaio se retorce em sua poltrona de couro e me brinda com um sorriso cheio de fel. Meu pai evita cruzar meu olhar. Aposto minha cabeça que estavam comentando a visita de Diogo. É hora de pegar a tangente.

Pai? Prometi a Alzira que passaria para vê-la no começo da tarde. Vou lá, tudo bem?

Minha ideia não o desagrada. Aperto a pata do senador, vou para a garagem e pulo pra dentro do meu Monza.

Ligo o rádio. Estão falando de Policarpo. Ponho no volume máximo a fita cassete do último Chiclete com Banana, um presente de Alzira no meu aniversário. Embora prefira um bom forró do que essas coisas da Bahia.

Pego a estrada que leva à saída da propriedade – cinco quilômetros de asfalto lisinho como bumbum de nenê, oferecidos pelo prefeito para nos agradecer depois das eleições municipais.

Parados na frente de seus casebres de taipa, nossos peões me olham passar. Um domingão tão bonito e esses imbecis ficam aí feito moscas-mortas em vez de se divertirem. Cumprimento-os sem vontade com uma pequena buzinada. Diogo me irritou tanto que estou com um nó na boca do estômago.

Alzira? Até parece.

Rosa, isso sim.

Alberico Cruz emerge de seu delírio: o papelão que tampava seu horizonte foi substituído por uma placa ondulada de fibrocimento sob a qual balança uma lâmpada apagada. O conjunto começa de repente a tremer cada vez mais forte e mais rápido. Um rugido vindo de parte alguma invade o ar úmido. O barulho atinge seu apogeu depois declina. Cruz volta a fechar os olhos. Não por muito tempo: o mesmo fenômeno se reproduz um minuto depois e o desperta para valer. Levanta-se sobre um cotovelo e olha à sua volta. Está estendido sobre uma esteira escura ao pé de uma parede constituída de uma improvável colagem de lata e papelão e tábuas. Depois de alguns segundos de calmaria as paredes do barraco voltam a sacudir. O único móvel visível é um velho armário de compensado cujas portas escangalhadas gemem ao sabor das vibrações. Nenhuma janela. Apenas uma estreita abertura coberta por uma lona plástica à guisa de porta.

Cruz senta fazendo caretas na beira da esteira. Uma violenta enxaqueca contrai sua nuca. Seus músculos viraram geleia. Fica de pé e vai até a soleira titubeando. Levanta a lona. A claridade exterior o ofusca a tal ponto que tem que se apoiar na parede para não cair. O sol recém-nascido enfia seus dardos oblíquos em sua retina. Muito acima dele um arco de concreto preto atravessa o céu de lado a lado. Ele é sustentado por um pilar de cerca de quinze metros. A barulheira que o tirou do torpor recomeça. Vê passar lá em cima a ponta de uma carreta e compreende que está debaixo de uma ponte rodoviária. Para além do mangue verde-marrom que o cerca Cruz reconhece as torres de vidro e aço do litoral sul. Está portanto debaixo da ponte Motocolombó que conecta o centro ao bairro do aeroporto.

Há três outras cabanas encostadas no pé do pilar seguinte. Na frente de uma delas uma mulher sem idade cozinha arroz num foguinho aceso entre dois tijolos. Ela o brinda com um olhar indiferente. Vira a cabeça e faz um *psit* sonoro.

Cruz põe uma mão sobre a testa e acompanha seu olhar. Descobre a alguns passos dali um velho caboclo de pés descalços que vasculha num monte de entulho perto de uma carriola. O caboclo se vira. Cruz tem a impressão de conhecê-lo. O caboclo fez várias pilhas no chão. Papelões e papéis e metais de um lado e lixos diversos do outro. Cruz leu no jornal que certos tipos de lixo podiam ser revendidos por peso. Os outros certamente não tardarão a ser jogados no lodo preto do Tejipió que marulha vinte metros mais abaixo.

Vendo-o se aproximar o caboclo reergue sua longa carcaça e enxuga as mãos numa calça dura de tão suja e com um enorme rasgão no joelho.

Ah, diz ele, avançando para Cruz. Pelos bagos de São José, começava a me perguntar. Nunca vi uma febre tão forte.

Cruz não consegue sorrir.

Eu... como vim parar aqui?

Bem, como tá vendo, sou especialista em lixo de todo tipo e recolhi você na avenida Sul. Não parecia muito bem. O que não falta nas calçadas desta cidade são bêbados, mas você eu logo vi que era outra coisa e hop – botei na carriola. Não sei o que me deu. Talvez tenham sido suas mãos. Tem verdadeiras mãos de barão. E cinco minutos depois uma caminhonete da PM para do meu lado e os macacos me perguntam se vi alguma coisa suspeita. Parece que deu confusão na delegacia do 11º. A rádio só fala disso desde ontem. Mas imagino que um filho de papai como você não tem nada a ver com isso, não é verdade?

Cruz prefere eludir a pergunta.

Há quanto tempo estou aqui?

Eu te trouxe pra cá ao amanhecer, cidadão. E depois disso você delirou o dia todo e a noite toda. Pode-se dizer que teve sorte de o veio Ciço te encontrar. Está com fome?

Cruz devora uma gamela de arroz com feijão com o caboclo e a mulher e depois volta à cabana onde se examina num pedaço de espelho grudado com durex numa das portas do armário. É um choque. Uma espessa barba preta cobre seu rosto. Os cabelos que sempre alisou com tanto cuidado não são mais do que um agregado disforme de cachos coagulados por uma mistura de suor e sangue e sujeira. Seus olhos parecem enterrados no fundo das órbitas. Não se reconhece mais.

Cruz se desvia do espelho e examina seu corpo mortificado. Uma onda de desespero o invade quando vê sua samba-canção azul. Seus braços e suas pernas e seu tronco e suas costas estão cobertos de feridas e hematomas. Volta a se sentar na beira da esteira e põe a cabeça entre as mãos.

O caboclo sentado à sua frente sobre uma caixa fala e gesticula sem parar. Repete várias vezes a maneira como o descobriu e recolheu e transportou atrás de sua carriola. E depois o mimou como um bebê com disenteria dando-lhe goles de água com sal e açúcar. Tanto altruísmo parece deixar ele próprio atônito. Nunquinha jamais nos trinta e oito anos em que recolhe dejetos no Recife que ele ajudou quem quer que fosse. E Deus sabe quantos acidentes e estupros e assaltos e assassinatos e tudo quanto é desgraça já viu.

Cruz suspeita que ele queira lhe arrancar uma compensação financeira. O problema é que seu incessante tagarelar o impede de pensar direito e que mesmo as barulhentas passagens de caminhões não o fazem parar. Tudo se bagunça na cabeça de Cruz. Leva a mão ao pescoço: sua cruz não está mais ali. Por que sua vida se transformou daquele jeito? O que vai ser dele? Como sair deste pesadelo? Como começar de novo sendo caçado pela polícia?

Certamente seu apartamento na UR-11 está sob vigilância. Impossível voltar lá. Nem para pegar algumas coisas. Aquela cueca nojenta é tudo o que lhe resta.

Resistir. Lutar. Contatar clandestinamente um advogado e provar sua inocência.

Mas com que dinheiro pagará os honorários? E como se defenderá se tudo o incrimina? Já que confessou. Não tem nenhum contato na polícia. Nem na justiça. Nem na política.

É um zé-ninguém.

Entregar-se exigindo garantias? Nem pensar. Será encarcerado. Isolado. Torturado. Liquidado sem julgamento. E a ideia de voltar para a prisão mesmo provisoriamente é-lhe simplesmente insuportável.

Fugir.

Refazer sua vida em outro lugar – Rio ou São Paulo ou Curitiba ou Belo Horizonte ou Manaus ou Salvador. Qualquer lugar.

Cruz não tem família. Seus pais morreram num acidente de carro quando era pequeno. Confiaram-no à irmã de sua mãe mas ela também morreu ano passado. Nada o retém no Recife.

Fátima.

Telefonar para ela.

Ela tem os pés no chão e saberá aconselhá-lo. Lhe dará roupas limpas e talvez até algum dinheiro para ajudá-lo em sua fuga. E quando tiver refeito sua vida alhures ele a reembolsará e ela virá até ele sem dizer nada para ninguém. Ficarão livres de sua mãe despótica. Juntos vencerão. Ela encontrará um emprego de escritório e ele trabalhará clandestinamente. Terão o filho com que ela sonha. E mesmo vários.

Cruz ergue a cabeça e interrompe o velho Ciço que não para de falar. Pergunta-lhe onde pode tomar um banho e dar um telefonema. O caboclo responde que até onde sabe o orelhão mais próximo fica na Ilha sem Deus. Do outro lado do rio. Aponta com o dedo uma longa passarela de madeira e ferro que cruza o rio a algumas centenas de metros dali. Quanto ao banho é melhor não sonhar. Não há um só ponto de água corrente na região. Ele próprio se contenta com um banho mensal na praia do Pina e vai bem – obrigado. Ao termo de uma árdua negociação o caboclo aceita lhe emprestar três fichas telefônicas e algumas centenas de cruzados e uma calça gasta até o fundilho e uma camiseta toda furada da campanha de um deputado morto há quinze anos.

É nesses trajes que Cruz atravessa a estreita passarela que leva à Ilha sem Deus. Uma favela sobre palafitas em pleno mangue. Os dois mulatos armados com velhos revólveres que vigiam a entrada o examinam da cabeça aos pés mas o deixam entrar. Sua imundície vale qualquer passaporte.

Os barracos são interconectados por uma complexa rede de tábuas mais ou menos bambas. Formas humanas estão dobradas em dois no mangue – sobretudo mulheres e crianças – e pescam com as mãos siris viscosos que pululam com a maré baixa no lodo cheio de lixo. O cheiro é forte mas menos insuportável do que na delegacia.

Cruz segue duas mulheres que carregam cestas na cabeça pelo labirinto de trapiches e acaba chegando à terra firme. É a primeira vez que põe os pés numa favela. A pobreza sempre lhe inspirou uma mescla de medo e desconfiança e nojo. Fica portanto aliviado ao descobrir um bairro quase normal. A pequena rua comercial cheia de bares e armazéns e lojas de roupas está até sendo lajotada – sinal de que as eleições se aproximam.

Seu coração pula quando percebe em frente da padaria o casco amarelo-canário de um orelhão. Coloca uma ficha e disca o número do trabalho de Fátima rezando para que ela esteja em seu posto. Ela responde ao terceiro toque e solta um gritinho ao reconhecer sua voz. Então o trata de monstro e ameaça colocar sua linha em escuta. E desliga.

Cruz pragueja e coloca outra ficha. Fátima atende de novo. Ele passa imediatamente à ofensiva clamando sua inocência e lançando-se com voz trêmula numa narrativa mais ou menos embrulhada. Consegue ao final de seu discurso arrancar de Fátima a promessa de que não falará para ninguém sobre seu telefonema. O mais difícil passou.

Ela exige saber de onde ele está telefonando mas Cruz permanece intratável. Segunda tempestade do outro lado da linha. Quando a calmaria volta Cruz explica que precisa de roupas e de dinheiro. O irmão mais novo de Fátima é mais ou menos do seu tamanho. Ela podia pegar algumas coisas dele. Fátima possui um senso prático excepcional: não é por nada que é documentalista numa multinacional do amianto. Marcam um encontro às dezoito horas no ponto final do metrô. No centro do Recife. Ideia de Fátima que trabalha ali perto.

Alberico Cruz volta a passar pelos bandidos que defendem a entrada da favela mas seu olhar não é o mesmo. Uma faísca de esperança cintila no fundo de suas pupilas.

Seis em ponto: faz tempo que Cruz espera de pé na frente de uma das rutilantes locomotivas a vapor expostas no meio do grande saguão da antiga estação central do Recife. Está absorvido demais em seus pensamentos para notar que a maior parte dos passageiros faz um longo desvio para evitá-lo. Mas esse detalhe não escapou ao vigia de calça marrom que cuida do saguão. O homem acaba vindo lhe dizer para circular. Cruz não quer chamar atenção. Sai e vai esperar Fátima na esplanada da estação.

Ele a vê alguns minutos depois esperando para atravessar a rua em meio à multidão heteróclita da hora de pico. Está com uma calça jeans apertada e uma jaquetinha rosa choque que combina com seu batom. Usa salto alto porque acha suas pernas muito curtas. Traz uma bolsa esportiva no ombro. O sinal fecha.

Fátima passa por ele com um estalido de saltos no mosaico de pequenos pisos. Sem o ver. Apesar de todos os esforços de Cruz para captar discretamente sua atenção ela se enfia no saguão com a onda de moradores da periferia. Ele tenta segui-la mas esbarra no vigia. Este dá batidinhas na ponta de seu cassetete e lhe aponta a saída.

Cruz é obrigado a obedecer.

Vinte minutos se passam.

Fátima volta a sair com cara de mau humor. Vendo um mendigo barbudo vir em sua direção ela esboça um gesto de irritação mas se interrompe bruscamente. Como se um raio acabasse de fulminá-la.

Cruz conclui sua abordagem tomando cuidado para evitar qualquer gesto brusco. O vigia continua a observá-lo da soleira.

Minha flor, murmura Cruz.

Você... mas o quê? Alberico... Está tão magro. E essa barba, Deus do céu!

O vigia puxa o cinto para cima e dá um passo em direção a eles.

Fátima, escute. Temos que ser rápidos.

Ela lhe entrega a bolsa esportiva e o vigia se detém. Aquilo não parece uma agressão. Embora nunca tenha visto uma patricinha estender espontaneamente sua bolsa para um mendigo.

Cruz suspira.

Você tem dinheiro?

Na bolsa. Embaixo das roupas. Tive que rapar minha poupança. Oh, tesouro. O que vai fazer?

Tomar um banho. Na rodoviária.

E depois?

Não sei. Acho que vou ter que sair do estado. Preciso pensar.

Tem também recortes de jornal na bolsa. Guardei tudo desde que foi preso.

Obrigado. Preciso ir. A polícia está atrás de mim.

Bateram duas vezes lá em casa. Se visse o estado da minha mãe. Meu lobinho. Quando penso que conseguiu *fugir*.

Vou indo, murmura Cruz dando uma olhada para o vigia. Volto a ligar em breve. Obrigado, Fátima. Não, não toque em mim, seríamos notados.

Rico, sussurra a moçoila emocionada, te cuida, coração.

O vigia observa perplexo a patricinha dirigindo-se para a avenida na contracorrente da multidão. Sem sua bolsa esportiva. Acreditou ver uma lágrima brilhando em seus olhos.

Cruz sai dos chuveiros da rodoviária por volta das sete e meia. É um homem novo. Finalmente veste roupas limpas e dignas de sua condição – uma calça jeans e uma camisa polo listrada cheirosinhas. Manteve a barba por precaução mas conseguiu – não sem luta – domar seus grossos cabelos pretos: uma linha os separa agora do lado direito. E o bolso de sua calça está cheio de notas.

De volta à ponte Motocolombó anuncia ao caboclo que partirá de manhãzinha e lhe oferece cinco mil cruzados.

O homem fica louco de alegria e se joga em seus braços mas recua fazendo uma careta e tampando o nariz.

Puta merda. Você tá perfumado que nem perua.

Cruz janta com ele alguns pedaços de inhame acompanhados de pão e café com leite. Depois se lança avidamente à leitura dos artigos recortados por Fátima.

Esse merda desse coronel estragou minha tarde. Diogo quer me pegar e não é de ontem. Já por duas vezes achou que ia pôr as mãos em mim e escapei por entre seus dedos. A primeira, por uma absurda história de estupro. Eu tinha dezesseis anos e a coisa aconteceu com Tiago no último baile de São João. Tínhamos dançado a noite inteira com duas garotas do Recife – duas estudantes. Elas não disseram não quando oferecemos uma carona no carrão do velho. Só que na manhã seguinte prestaram queixa. Diogo suspendeu as buscas três dias depois por ordem do prefeito.

Da segunda vez, foi por homicídio, mas também não deu em nada. Eu tinha matado o filho de um comerciante, bêbado como um gambá, que veio brigar comigo num puteiro. Ele não me deixou escolha: era matar ou morrer. Minha bala o furou no meio da testa. Parece que aquele lixo era sobrinho do Diogo.

Ao sair de nossas terras, tomo a direção de Quipapá. Atravesso sem parar o centro deserto, passo por baixo da ponte desativada da estrada de ferro e pego impulso para subir rumo aos bairros pobres que infectam nossos morros. Quando passo, todos secam meu Monza. As pessoas daqui sabem quem sou. As garotas me lançam olhares alucinantes. Algumas são esplêndidas, dispostas a qualquer coisa para dar um rolê de carro que as faça esquecer por algumas horas sua vida de merda. Não precisaria nem pagar. Elas rebolam para mim. Bastaria puxar o freio de mão e esperar que uma delas viesse colocar o cotovelo na minha janela. Não levaria nem três minutos. Um sorriso, algumas palavras, e a levaria para um campo de cana.

Só que não estou com cabeça pra isso. Penso em Rosa.

Quanto mais subo, mais a coisa é feia. A ladeira fica mais íngreme e as lajotas cedem lugar ao barro, os tijolos à taipa, as sandálias aos pés descalços, as roupas aos farrapos. Tenho que engatar a segunda e às vezes até a primeira. Quando chove, a lama desce alegremente levando tudo que está na frente: barracos, carros e moradores. Os homens param de jogar dominó na frente dos cabarés para me lançar olhares cheios de ódio e de inveja. Instintivamente coloco a mão em minha Taurus. Está direitinho em seu lugar debaixo do banco.

Nunca pude suportar esse bairro miserável, mas Rosa é mais teimosa do que uma tropa de mulas. Diz que nasceu aqui, que é aqui que se sente em casa, que aqui nada pode lhe acontecer de ruim. Já propus mais de cem vezes instalá-la lá embaixo: nada a fazer. Depois de semanas arengando, o máximo que consegui foi convencê-la a derrubar seu barraco de madeira comido pelo cupim. Em seu lugar, mandei construir uma bela casinha de tijolo, que não passa desapercebida na vizinhança com sua fachada verde-amêndoa e suas janelas gradeadas.

A porta está fechada. Estaciono como posso na beira da pista rasgada por uma fenda de um metro de largura. Quase nunca passa carro aqui. Pego meu trezoitão, enfio no cinto e saio.

Rosa leva uma eternidade para abrir a porta. Está com os olhos cheios de sono. Não sei por que, mas não parece muito feliz em me ver. Acaba de acordar. O sofá onde sento ainda traz as marcas de seu ombro e de seu quadril. Está escuro e quente na sala exígua. A grande TV preto e branco divide uma das paredes com o santuário. Está ligada mas sem som. Cada mudança de plano projeta sombras fantasmagóricas. Um retrato meu de alguns anos atrás está pendurado na parede oposta, do lado do quarto. O fotógrafo da cidade pegou tão pesado nos retoques para tentar suavizar meus traços que mais pareço um cadáver embalsamado.

Quer uma cerveja?

Faço que sim com a cabeça. Rosa vai para a cozinha. Ela já tem quarenta anos mas continua um arraso. Seu traseiro sublime remexe com flexibilidade debaixo do vestidinho amarelo. Suas pernas se recortam na contraluz da porta dos fundos e, sentado no sofá, não perco uma migalha do espetáculo. Suas coxas de ébano são suaves como cambraia.

Volta com uma Antártica e dois copos.

O que te traz aqui, Kelbian?

Nada. Só queria te ver. Saiu ontem à noite?

Ela toma um gole de cerveja e joga para trás seus longos dreads pretos.

E lá isso é da sua conta?

Fixo o fundo do meu copo. Uma formiga se debate ali dentro. Afogo-a com a unha. Há milhões delas nesse maldito morro. Bilhões. Ele vai acabar explodindo numa nuvem de fumaça. Pouca gente irá lamentar.

Como vai o pequeno?

Bem. Está dormindo.

Ela se senta no sofá, bem longe de mim. O silêncio volta a se instalar. Na tela azulada, Silvio Santos brinda o público com suas notas e seu sorriso de vampiro. O enorme microfone preso abaixo de seu queixo me faz pensar em meu pai.

Veio aqui para trocar o óleo?

Queria te ver, só isso. Está precisando de alguma coisa?

Ela balança a cabeça negativamente.

Fazia tempo que não vinha, diz ela.

Quinze dias, gata. Estava atolado de trabalho. O fim da safra, sabe como é.

Dou uma olhada na entrada do quarto.

Ele tá dormindo?

Sim, já te disse.

Está indo bem na escola?

Sim.

Ótimo. Diga pra ele que estou orgulhoso.

Ela não responde. Coloco meu copo na mesa e ponho as mãos na cabeça.

Caralho, como estou cansado.

O sofá range. Percebo-a deslizando para mim. Devagarinho, me ajuda a deitar e coloca minha cabeça sobre suas coxas. Fecho os olhos assim que sua mão pousa sobre minha testa.

Está com problemas, Kelbian?

Não sei. Com o Tiago, a coisa está patinando. Tenho a impressão de que ele não está mais botando fé. Além disso, tem as plantações. Os peões estão revoltados.

Estão sentindo a fome chegar. O inverno vai ser duro.

É essa porra dessa cana, Rosa. O que podemos fazer se ela só dá uma vez por ano? Não estamos em São Paulo.

Parece que Teotônio Policarpo foi assassinado.

Sim.

Por quem?

Sua mão está em meu peito. Pego-a na minha. Ela é ainda mais suave do que o resto.

Um sujeito. Do Recife. Eles o prenderam.

Ela tira a mão e massageia minhas têmporas.

Terão que ser pacientes, você e Tiago. O horizonte acabará se abrindo. Se permanecerem unidos, o futuro de vocês será banhado de ouro. Já te disse.

Tiago. Sempre Tiago. Parece até que não sou nada sem ele. Topo dividir tudo com meu meio-irmão, mas não minha mulher!

É realmente o que vê nos seus búzios?

Sim.

O que vou responder? Rosa sabe do que está falando. Em Quipapá todo mundo corre para lhe pedir conselho – e não apenas os mortos de fome. Pessoalmente, desconfio da macumba. Na minha opinião, é melhor deixar os demônios em paz. Quando Rosa fecha a cortina preta na frente da porta para invocar seus orixás, prefiro dar o fora. Só de ver suas estatuetas de santos coloridas, seus papeizinhos cheios de promessas, aquelas velas e os copos de água benta em que boiam pétalas bizarras, sinto alfinetadas na nuca. Isso remonta à minha infância, eu acho, quando meu pai me arrastou até o feiticeiro Biru-Biru pra curar uma porcaria de um corrimento no ouvido que me envenenava a vida desde que meu cavalo doido tinha me arrastado por trezentos metros. Eu urrava de dor noite e dia. Ninguém mais fechava os olhos na fazenda.

Os melhores médicos do Nordeste se debruçaram sobre meu caso. Alguns anunciaram que eu ficaria surdo como uma porta, outros, débil mental. Pelo que diziam, eu tinha uma chance em mil de aprender a ler. Este aí, diziam, nem vai valer a pena forçar a estudar. A infecção tinha comido um pedaço do meu cérebro. Quanto a isso, estavam todos de acordo.

Biru-Biru apertou meus braços. Era um mestiço velho, medonho, enrugado, com as pernas mais finas do que varas de bambu. Papai se recolheu à sombra. O feiticeiro me fixou rolando seus olhos redondos. Tinha baba nos lábios. Sinto até hoje suas unhas negras penetrando em meus músculos. E quando, de repente, começou a tremer como uma britadeira, perdi as estribeiras. Mordi-o até sangrar, dei-lhe uma cabeçada e desembestei rua afora. Meu pai só foi me alcançar na esquina da outra rua – e olha que foi antes de seu câncer de garganta, quando ainda estava em plena forma. Levei a maior surra da minha vida. Ele gritava que eu não poderia culpar ninguém se ficasse inválido para sempre. Só sei que minhas hemorragias cessaram naquela mesma semana.

Não podemos fazer amor, murmura Rosa, dando um beijo em minha testa. O pequeno está em minha cama.

Não respondo. Melhor assim mesmo. Sinto um sono danado...

Devo ter adormecido. Quando volto a abrir os olhos já é noite. Me sinto melhor. Levanto e coloco vinte mil cruzados debaixo da estatueta do Padre Cícero.

Preciso ir.

Não vai dar um beijo no teu filho?

Da próxima vez. Prefiro deixá-lo dormir.

Depois de deixar Rosa, entro no Monza e deslizo em ponto morto até o pé do morro. Na praça central de Quipapá, paro e penso um minuto em Alzira. Tem um povaréu na frente da igreja. Resolvo voltar para a fazenda.

O velho está sozinho na estufa. Na poderosa claridade das lâmpadas halógenas, parece uma estátua de porcelana, prestes a explodir ao menor choque. Quase tenho vontade de apertá-lo em meus braços. De lhe explicar que em breve não vai mais precisar se preocupar, que poderá vender a porra da usina.

Assim que me nota, liga seu amplificador. Juraria que a sombra de um sorriso embainha seus lábios. Assim, na lata, ele anuncia que Orlando chegará em dez dias. Vem passar algum tempo na fazenda com a vaca da sua esposa.

Meu nó no estômago se refaz na hora.

Pensei que fossem me deixar em paz depois do desligamento das máquinas. Ledo engano.

Cinco dias depois da visita de Diogo, numa sexta-feira, meu pai anuncia no café da manhã que está de partida para Brasília. Acaba de receber um telefonema do senador Sampaio. As negociações se arrastam. O ministério hesita em anular a dívida. Seria um desastre para os produtores do estado. Há mais de um bilhão de dólares em jogo. Em suma, está na hora do pega pra capar. De colocar a pressão máxima sobre o governo federal.

O velho explica então que irá diretamente de Brasília para o Rio, onde deve encontrar Orlando depois de amanhã. Voltarão juntos para cá trazendo de lambuja a mulher do meu irmão, uma psico-sei-lá-o-quê de Ipanema. Não ficará mais do que cinco dias fora. Caberá a mim velar entretempo pelo patrimônio familiar. Nada muito complicado, segundo ele: bastará que eu me faça presente. Qualquer problema, é só ligar e avisá-lo.

Não tenho como recusar. O velho é quem decide. Mas sua proposta não me agrada nem um pouco. Isso vai atrasar ainda mais meus negócios com Tiago. Fazer o quê? Aguentar mais uma semana.

O verdadeiro problema, logo me dou conta, são as plantações. O clima é cada vez mais tenso. Aquela noite, nossos capatazes pesaram um pouco a mão em cima dos agitadores do Bico do Papagaio. Eles devem sair do hospital em breve.

Parece que os peões tão que tão. Prepararam uma recepção calorosa para os três estropiados. Não gosto da ideia, mas quando tentei tocar no assunto com o velho antes da sua partida, ele não me deu ouvidos. Tudo se ajeitará naturalmente, segundo ele. Deixe com os capatazes, são pagos para isso.

Na manhã seguinte, sentado numa poltrona de couro da biblioteca, leio a *Folha do Recife* e o *Jornal de Pernambuco*. Meu pai lê isso todas as manhãs de Deus. As dificuldades dos produtores de álcool em obter o perdão de sua dívida evidentemente estão na primeira página. Como é de se esperar, o *Jornal* fala da importância dessa magnânima anistia, enquanto a *Folha* a qualifica de escandalosa: questão de acionistas. Percorrendo a *Folha*, encontro na rubrica policial o relato de um levante sangrento. A coisa aconteceu anteontem à noite em Recife, na delegacia do 11º batalhão da polícia militar. O balanço final é pesado: onze mortos, entre os quais um mandachuva da Falange Vermelha e quatro PMs, além de dezoito feridos. Com direito à ladainha de sempre sobre a indignidade das condições dos detentos e até a uma entrevista exclusiva do delegado Gadelha, que acaba oficialmente de ser condenado à morte pela Falange: ele afirma que a superpopulação carcerária, a falta de meios materiais e humanos, a violência dos malfeitores e a hora tardia justificam plenamente sua decisão de encerrar mais de quarenta homens numa sala sem janelas de oito metros quadrados.

Sete fugitivos foram pegos, mas seis continuam soltos – dois dos quais o repórter cita nominalmente: Alberico Cruz, suposto assassino do presidente do Sindicato dos trabalhadores rurais de Quipapá, e um tal de Chocolate, acusado de quatro assaltos a banco e de uma dúzia de assassinatos.

Solto o jornaleco e começo a pensar. O caso Policarpo volta à tona no pior momento: papai não está aqui, os peões estão esquentados, e Diogo à minha volta como um zangão esfomeado. Só espero que esse Cruz tenha a boa ideia de desaparecer ou de esperar a volta do meu velho para se manifestar.

Sou arrancado de minhas reflexões por um pigarro do mordomo, que vem me avisar que Tobias quer falar comigo com urgência. Tá na cara do que se trata: as coisas não se acalmaram no Bico.

Encontro Tobias no vestíbulo. Parece ainda mais taciturno do que da última vez e não sabe aonde enfiar suas manzorras. A ponta do chicote preso em seu cinto pende entre seus joelhos. Como eu imaginava, os três hospitalizados da outra noite fizeram um retorno triunfal à plantação. Os matutos decidiram antecipar a festa de São João: sanfona e fogos de artifício. Mas, sobretudo, acabam de decretar uma greve selvagem.

Algo nunca visto em Quipapá.

Depois de dispensar Tobias, tento falar com meu pai. Um empregado de seu palácio em Brasília explica que ele não está em sua suíte e sugere que eu volte a ligar à noite. Cada vez melhor.

De tanto andar para lá e para cá na biblioteca, acabo tendo uma ideia. Vou convocar Jair Campelo, o suplente de Policarpo. Não para brigar com ele. Apenas para sondar o terreno e ver se ele é capaz de controlar suas tropas. Os sindicatos servem para isso, não? Tenho certeza de que papai teria me aconselhado a fazer o mesmo. Sem perder um segundo, telefono para Edinalva e lhe peço para convocá-lo assim que possível.

Recebo-o no escritório paterno no começo da tarde. Campelo é um sujeito robusto na faixa dos trinta, número nove na equipe da destilaria, famoso pelas suas cabeceadas. Com seu coco raspado, seu cavanhaquezinho preto e sua camisa bem passada, apresenta-se mil vezes melhor do que Policarpo.

Começo interrogando-o sobre o estado de espírito geral da peãozada.

A coisa tá preta, seu Kelbian. E tá piorando a cada dia. As famílias dos demitidos já estão com fome. Estão reivindicando pedaços de terra para cultivar.

Pedaços de terra? E o que mais? Sequer estamos produzindo cana suficiente para cobrir nossos custos. Toda essa gente mora aqui de graça, não se esqueça. É a crise, Jair, sabe disso tanto quanto eu. Estamos todos no mesmo barco. Eles fariam melhor em rezar para que as negociações em Brasília deem certo. Enquanto isso, temos que nos entreajudar.

E apertar o cinto. Francamente, essa história de greve no Bico não podia vir em hora pior. A replanta ainda não foi feita. Corremos o risco de nos atrasar para a próxima safra. Você deve ter alguém lá que possa transmitir essa mensagem, não? Explicar as coisas para eles?

Campelo sacode a cabeça com uma energia que não prenuncia nada de bom.

Impossível, seu Kelbian. A situação está fora do meu controle. O sindicato não tem nada a ver com essa greve. Desde o caso Policarpo, nossa base se revoltou. Os peões acham que estão sendo feitos de tolos. Exigem a renúncia do comitê diretor do STR e a antecipação das eleições. Sou quase tão suspeito aos olhos deles quanto vosso pai e o senhor – com o devido respeito. Só vejo uma solução para acalmar esse povo: a reintegração imediata de todos os cortadores que acabam de demitir.

Campelo não é trouxa. A cadeira de presidente do sindicato está vaga. Uma oportunidade e tanto para obter um lugar ao sol. Só que os matutos estão fulos da vida com a antiga direção. Precisa, portanto, ir na direção do vento para se impor. Se obtiver a reintegração, pode estar certo de contar com três quartos dos votos.

Sem chance, respondo. Se fizer isso, os das outras plantações vão exigir a mesma coisa. Haverá greves por toda parte.

Campelo me encara com ar pensativo e diz:

No final das contas, devia ter ouvido Policarpo quando ele veio lhe pedir para readmiti-los três semanas atrás. As coisas não teriam chegado a esse ponto.

Meu sorriso se desfaz.

Policarpo era um filho da puta, exclamo. Estava pouco se fodendo para os peões. A prova disso é que deu no pé levando a grana deles.

Além de certo número de documentos da contabilidade da destilaria, me diz Campelo, levantando-se. Aliás, é estranho que não tenham encontrado nada no local do crime, já que o assassino foi pego em flagrante.

E daí? O que há de estranho nisso, Campelo?

Sei que tenho que me manter calmo. Já tive aporrinhação suficiente com Policarpo. Se me indispuser com esse aí também, ele é capaz de semear a cizânia em nossas outras plantações. Campelo sustenta por um instante meu olhar, balança a cabeça com uma espécie de careta e anda em direção à porta.

Nada, seu Kelbian, responde ele, colocando a mão na maçaneta. Nadinha de nada. Só lamento que a polícia não tenha encontrado o dinheiro do sindicato. Nosso caixa está vazio.

Ah, chegamos ao ponto. Esse cara é uma raposa. Não é de surpreender que dê tanto trabalho aos zagueiros do outro time.

Ouça, digo, talvez possamos nos entender. Estou disposto a lhe conceder um adiantamento em troca de uma imediata volta à tranquilidade. Nosso orçamento está no limite, mas dadas as circunstâncias, eu...

Não foi o que eu quis dizer, me interrompe Campelo, abrindo a porta. De modo algum, seu Kelbian. O senhor não entendeu nada. Desculpe, mas tenho uma reunião na sede. Já estou atrasado.

E vai embora. Uma vez sozinho, repasso o filme para tentar entender onde a conversa degringolou. Não gosto do jeito como terminou. Meu mindinho me diz que esse Jair está jogando um jogo cujas regras não conheço. Não apoia a greve, mas também não faz nada para detê-la. Também não quer grana. E isso é mais do que suspeito. Gostei ainda menos do que vi em seus olhos quando fez alusão aos documentos furtados por Policarpo.

Primeiro Diogo, agora ele. E a porra dessa greve para completar.

À noite, depois da janta, revejo Tiago. Ele está de passagem e parte já na manhã seguinte. Fumamos um baseadão na caranga e decidimos encher a cara num cabaré qualquer. Estou tenso. Preciso espairecer. Tiago também não parece nos seus melhores dias. Os números da mina continuam péssimos. Tomamos litros de cerveja com duas raparigas que fedem a perfume barato. Os comerciantes e fazendeiros das mesas vizinhas gritam cada vez mais alto. Parecem felizes como pintos no lixo, mas sei que para alguns deles a noitada vai terminar em facadas ou balas perdidas. Mal dá para se escutar. Também não temos quase nada a nos dizer. Mesmo assim, acabo soltando algumas frases sobre o novo líder sindical, mas Tiago está passado demais para me escutar. Seus olhos saltados brilham no vazio. No fim da minha peroração, ele cruza meu olhar e se serve de mais uma cerveja.

No final da noite, a loira de farmácia que me fisgou me arrasta pela mão até sua toca. Na hora de meter, enfio o nariz entre seus seios e adormeço.

Às oito da manhã, minha infinita ressaca não me impede de dar um pulo ao abrir o jornal. Na quinta página da *Folha do Recife*, descubro um relato circunstanciado de minha conversa da véspera com Jair Campelo. Acusam-me de ter tentado comprá-lo para que sabotasse a greve do Bico do Papagaio. Insinuam suspeitas sobre as estranhas relações que a direção da destilaria dos Carvalho mantém com seu sindicato. Para terminar, o jornalista insiste acintosamente no fato de que o antecessor de Campelo, Teotônio de Jesus Policarpo, foi assassinado no Recife em circunstâncias que permanecem obscuras. Com um tom que dá claramente a entender que pretende aprofundar sua investigação.

Meus olhos descem até o final do artigo. Está assinado por Osvaldo Lamenza, um nome que não conheço. O que me estarrece é a rapidez com que o mequetrefe se inteirou da coisa. Faz menos de dezoito horas que recebi Campelo. Não falei disso para ninguém, a não ser Tiago. Talvez o Jairzão tenha a língua solta, mas por que teria telefonado para um jornalista do Recife assim que saiu da usina? Que interesse teria nisso? Fazer autopropaganda com vistas à eleição? Campelo está bem posicionado para saber que esse tipo de iniciativa é a melhor maneira de atrair problemas em Quipapá.

Um telefonema não tarda a me trazer um início de resposta. Com voz trêmula, a dona do Nuclear me avisa que um repórter do Recife chamado Lamenza está em seu hotel desde a véspera, às custas da *Folha*. Reservou um quarto por uma semana e diz estar fazendo uma reportagem. Pergunto-lhe se tem a ver com o caso Policarpo e ela gagueja que é possível que sim. Ela prossegue com uma torrente de desculpas, que não tinha como saber, que o hotel anda mal e que não está em situação de rejeitar clientes. Complacente, tranquilizo-a. Tudo que lhe peço é para me manter informado das idas e vindas de Lamenza. Desnecessário dizer que ela aceita com alegria.

Perto do meio-dia, finalmente consigo falar com o velho em Brasília. Ele me diz que agi bem e me aconselha a vigiar discretamente o jornalista, mas sem intervir.

Encarrego dois de nossos homens de segui-lo o tempo todo. Lamenza não é de ficar parado comendo mosca, logo começa a fuxicar por toda parte. Passa a manhã no tribunal, vai à prefeitura encontrar alguém, quatro longas horas na sede do sindicato, uma tentativa de visita à usina, frustrada por nossos vigias. O grande repórter toma sua missão a peito, é o mínimo que se pode dizer. Percorre a pé as ruas da cidade, prestando atenção a tudo que se diz, atrás de bisbilhotices. Também estabelece uma rotina noturna: à noite, já tem uma mesa cativa no Quilombo.

É lá que o verei pela primeira vez, na segunda noite após sua chegada. Um moreno de estatura mediana, cabelos grisalhos e curtos, óculos de aro de tartaruga que lhe dão uma cara de coruja. Veste uma camisa branca e tem um paletó em linho cru com listras azuis pendurado no espaldar de sua cadeira. Está conversando com o Gordo, sentado à sua frente num canto do terraço, a dois passos do estrado onde o castrado do Djalvan se esgoela. Para que ninguém os ouça, sem dúvida. Parecem amiguinhos como dois porquinhos. Instalo-me no balcão e peço uma cana ao efebo. O Gordo acaba me notando e se debruça para o jornalista. Lamenza vira rapidamente a cabeça em minha direção e toma um gole de cerveja. O Gordo volta para a cozinha.

No dia seguinte, Lamenza telefona para o nosso escritório querendo me entrevistar. Decidi bancar o morto: Edinalva lhe diz que estou ausente por período indeterminado. Faço agora me trazerem a *Folha* na cama todas as manhãs assim que acordo. A cada vez encontro um artigo assinado por Lamenza. As asneiras que ele inventa em seu quarto de hotel devem estar vendendo bem, já que seus textos vão ficando mais longos. O jornalista se lançou numa investigação obscura, amarrada como um folhetim, para denunciar a violência nas plantações de cana-de-açúcar. Tudo copiosamente temperado com comentários sobre o caráter nefasto e socialmente perigoso de um eventual perdão da dívida dos produtores de álcool, que, segundo ele, "já deram provas mais do que suficientes de sua incapacidade de assumir seu dever histórico, que consistiria em tirar nossas infelizes populações rurais de um sistema feudal que obstaculiza toda e qualquer melhoria de suas condições de vida"! É a mesma cantilena todos os dias. Na terceira manhã, começo a achar que me preocupei à toa. No final, aquilo não passa de uma inofensiva ladainha.

Mas as coisas mudam completamente de figura no quarto dia, quando leio a manchete da primeira página: "RETRATO DE UMA FAMÍLIA ACIMA DE QUALQUER SUSPEITA", logo abaixo, lado a lado, uma foto de meu pai e uma minha. Onde aquele bosta foi arranjá-las? Lamenza chuta o pau da barraca. Seu artigo denuncia a arrogância de uma dinastia de potentados que mantém milhares de servos sob seus grilhões e acredita não dever satisfações a ninguém. Pela primeira vez, ataca diretamente os Carvalho. E esboça um retrato de Policarpo que me dá vontade de vomitar: um "defensor dos oprimidos que pagou com a vida pela sua obstinação em lutar contra a gatunice dos mandachuvas locais".

Não dá pra acreditar.

Lamenza examina uma a uma as conclusões da investigação da polícia. Afirma que o motivo de Alberico Cruz é inconsistente e que ele foi isolado de maneira injustificada. Sobretudo, sublinha que Policarpo e eu tínhamos tido um violento bate-boca poucos dias antes de sua morte. Menciona testemunhas diretas, mas não cita ninguém. Minha secretária?

E não é tudo. Também ataca meu pai. Reduz sua carreira a uma sucessão de crimes. Volta cinquenta anos atrás. Na época da corrida para o sertão, era preciso saber lutar para conseguir um lugar ao sol. Meu pai teve a sorte de viver esse momento. Eu nasci tarde demais, teria preferido viver naquele tempo. Adquiriu terras imensas e desérticas no braço, disputando com homens que não tinham medo de nada. Como muitos outros, acreditou que o futuro estava na criação de gado, que essas regiões áridas conheceriam um *boom* que nem o do faroeste norte-americano graças à água do São Francisco. Mas as barragens demoraram demais. Em 1975, no auge do primeiro choque petroleiro, voltou a se concentrar nas plantações de cana, a atividade tradicional de nossa família, quando os generais lançaram o Pró-Álcool a fim de utilizá-lo como combustível e garantir a autonomia energética do país. E esse jornalista de merda tem a cara de pau de jogá-lo na lama, acusando-o de horrores que tirou não sei de onde. Lamenza chega mesmo a insinuar que ele seria o culpado da morte de minha mãe. Que teria demorado para chamar um médico de propósito quando tudo indicava que o parto seria complicado. O procedimento é sempre o mesmo: uma acumulação de boatos anônimos e nem a sombra de uma prova. Mas com certo número de detalhes perturbadores, íntimos, que só uma pessoa que tivesse conhecido meu pai de perto poderia saber.

A bomba podia vir de Sônia Crente. Mas não diretamente. Ela não é o do tipo que desceria de sua nuvem mística para se confiar à imprensa. Talvez por intermédio do Gordo, seu amigo de sempre, que vi ontem conversando com o repórter. Não consigo imaginar outro morador de Quipapá que ousasse espalhar tamanhas difamações.

Jogo o jornal no chão e me levanto. Lamenza foi longe demais. Ligo para Brasília, mas me informam que o velho embarcou para o Rio há uma hora.

Danem-se os conselhos, vou resolver isso a meu modo.

São nove horas da manhã quando estaciono na frente do Nuclear. Vendo-me desembarcar em seu saguão miserável, a dona começa a tremer feito vara verde. Com os olhos arregalados de terror, ela me explica que o repórter já saiu. Acredita tê-lo ouvido falar ontem no telefone que estava pensando em entrevistar os peões em greve.

O Bico.

Aquele bosta está nas minhas terras.

Já estou com um pé do lado de fora quando ela me chama quase sem voz. Ontem, depois de ter ditado seu artigo pelo telefone, Lamenza solicitou e obteve a proteção da polícia militar de Quipapá. Isso não me surpreende da parte de Diogo: deve ter agarrado a oportunidade com unhas e dentes. Dois PMs passaram para pegá-lo uma hora e meia atrás. Com a missão de escoltá-lo em todos os seus deslocamentos.

Não seja por isso. Deixo marcas de pneu na frente do hotel e devoro com o pé na tábua os dez quilômetros de zigue-zagues que me separam da plantação. Ao final de uma curva, percebo de longe a mancha clara de seu paletó listrado. O jornalista papeia com um bando de matutos reunido na frente dos casebres, a cerca de vinte metros de um Chevette azul estacionado no acostamento. Não é preciso ser adivinho para saber que estão todos metendo o pau pelas costas na família Carvalho.

A festa acaba assim que estaciono atrás do Chevette. Lamenza se vira, imitado pelos dois PMs magricelas que o acompanham. Apesar do sorriso estampado em seus lábios, percebo que está cortando um prego. Os matutos, por sua vez, voltam arrastando o passo para suas choças. Depois de se entreolharem, os policiais colocam a mão em suas armas. Conheço-os de vista: moleques de Quipapá, vinte anos no máximo. Nunca atirarão num Carvalho.

Vou direto para eles.

Ei, calma aí, exclama o repórter levantando a mão direita. Não faça uma besteira, Carvalho, ou vai se arrepender.

Detenho-me a três passos. Meu coração bate tão forte que quase sai do peito.

O que está fazendo nas minhas terras, seu monte de merda?

Meu ofício, responde Lamenza, com falsa tranquilidade. Esses trabalhadores estão em greve. O tema me interessa. Vim lhes fazer algumas perguntas. Qual é o problema?

Está dentro da minha propriedade. Tem dez segundos para dar o fora.

Por quê? Não tem nada a esconder, ou tem?

Minha garganta está seca. A Taurus está em seu lugar, na minha cintura. Sinto um comichão no corpo inteiro. Tenho que me controlar. Não posso matar o jornalista.

Fora daqui, desgraçado! Fora daqui ou isso vai acabar mal!

Muito constrangido, um dos PMs começa a dar nítidos sinais de inquietação. Dá uma olhada para seu colega e aponta o Chevette com o queixo. Lamenza suspira, abaixa a mão e vai para a estrada passando bem do meu lado. Fecho os punhos para não pular no pescoço desse desgraçado que quer conspurcar o nome dos meus.

Ele abre a porta de trás do Chevette, então se vira.

Cedo à força bruta, senhor Carvalho. Mas não vai ganhar nada com esse joguinho. Não estamos mais na idade média.

Escute aqui, seu imbecil. Tenho um conselho para te dar: faça suas malas e esqueça os Carvalho. Antes que seja tarde demais.

As palavras me vêm quase involuntariamente. Saco a Taurus e coloco o indicador na trava. Lamenza pula imediatamente para dentro do carro e fecha a porta sem parar de olhar para mim. O PM que está no volante dá a partida, louco para sair dali. Eu grito:

Se cruzá-lo mais uma vez no meu caminho, é um homem morto!

O Chevette se afasta. Na névoa de raiva que me cerca, vejo o jornalista estender o braço pelo vidro aberto na entrada da curva e mostrar um gravador de bolso.

Filho da puta.

Assim que desaparecem, corro para os casebres. A peãozada toda se entocou ao me ver chegar.

Todo mundo para fora, grito em cada porta. E rápido, bando de bunda-mole!

Imagino-os na penumbra, um amontoado de molengões me vendo gesticular no retângulo de luz. Cagando de medo, apertados uns contra os outros em cima de suas esteiras. Deve até ter gente embaixo da mesa.

Vão saindo aos poucos. Primeiro os homens, depois as mulheres com seus pirralhos pendurados nas saias. Com as mãos na cintura, espero até que todos estejam ali.

Cadê o Tobias? pergunto.

Silêncio de morte.

Ninguém se decide a responder, então pego um ao acaso, pelo ombro. Um velho de cinquenta anos. Nem tão destruído assim pela cachaça.

Você. Nome?

M... Mauro.

Cadê o Tobias, Mauro?

Mauro hesita um momento. Abaixa a cabeça, mas isso não o impede de lançar olhadelas furtivas a seus companheiros.

Ele partiu ao amanhecer, patrão. Com sua muié, seus fio e sua mula. Quer recomeçar a vida nas Alagoas. Até os móveis deixou.

Cada vez melhor. Uma plantação em greve e eis que o capataz dá no pé como um ladrão, sem avisar ninguém. Tento me acalmar. Não é fácil – coloque-se no meu lugar.

E o jornalista. O que ele queria?

Mauro se tranca num silêncio obtuso.

Lembra das perguntas que ele fez, não lembra? Então vamos lá, repita tudo tranquilamente. Não tem nada a temer.

Bão, ele disse assim que trabalhava prum jornal. E queria saber como é que a gente se virava entre as safra.

O que mais?

Perguntô quanto a gente ganhamo, se a gente tá fichado, se ganhamo pelas hora-extra. E como fazemo pra comprá remédio e ir no médico.

Sinto meu ódio inflar como um balão.

E sobre a greve? Disse alguma coisa sobre a greve?

Isso não, patrão, ele falou disso não.

Murmúrios de aprovação saúdam sua resposta. Fixo Mauro. Não parece estar sendo sincero. Aposto que Lamenza estava tentando fazer a cabeça deles, mas é claro que não vão dizer isso na minha cara.

Recuo um passo e examino todos, um por um. Estão apavorados. Bastaria um gesto brusco meu para que todos saíssem correndo como ratos.

Escutem aqui, digo. Estão começando a dar no meu saco com esses quiproquós. Despedimos mais gente do que de costume porque não havia outra solução. Querem todos ir para a rua ou o quê? Vocês moram todos em nossas terras, nunca esqueçam disso. Aqui ninguém entra, nem se fala com ninguém sem permissão! Entenderam?

Três ou quatro fazem que sim com a cabeça. Decido apertar o nó.

Aqui não existe essa história de greve. Greve é coisa de vermelhos, e os vermelhos não têm nada o que fazer nas terras dos Carvalho. São pagos para trabalhar, então, ao trabalho. Todo aquele que não estiver na replanta amanhã às sete horas será expulso com mulher e filhos. Transmitam a mensagem aos outros. Fui claro?

Não parecem muito entusiasmados, mas sinto que me fiz compreender. Meu ultimato não podia ser mais cristalino. Veremos o resultado amanhã. Por ora, tenho um probleminha urgente para resolver.

Saio a grandes passos, os nervos tensionados como cabos de aço. Dou meia-volta com três guinadas bruscas e piso no acelerador.

Direção: Quipapá.

Tenho duas palavrinhas a dizer pro Gordo.

Há quarenta e oito horas Cruz apodrece numa pensão cheia de gritos e risos do centro do Recife. As janelas da fachada dão para o mercado São José e ele a escolheu por causa da indolência de seu porteiro: um mulato mal barbeado que passa o tempo todo folheando uma bibliazinha com encadernação de couro e que não achou necessário preencher uma ficha com seus dados. A clientela é majoritariamente constituída por putas ocasionais acorridas dos quatro cantos do Brasil antes do carnaval para esvaziar as bolsas e as bolas dos turistas sexuais. Batalham firme do crepúsculo à aurora para reunir o dinheiro da volta agora que o rei Momo devolveu as chaves da cidade. As menos apetitosas correm o risco de ter que pacientar ainda vários meses apesar da deflação crescente de suas tarifas.

Cruz está na contracorrente de todas essas raparigas: só deixa seu quartinho de bambas divisórias de madeira para comprar o jornal e telefonar para a *Folha do Recife* toda manhã e toda tarde. Tenta desesperadamente entrar em contato com um tal de Osvaldo Lamenza. É o jornalista que assina todos os artigos sobre o assassinato de Policarpo. Cruz examinou o problema sob todos os ângulos e agora vê no repórter sua única tábua de salvação. Mas o destino se obstina contra ele: uma secretária lhe responde a cada ligação que o Sr. Lamenza está em deslocamento e que não sabe a data de sua volta.

Cruz releu cem vezes em sua cama o *clipping* de Fátima. Pouco a pouco foi se convencendo de que antes de fugir definitivamente devia tentar uma última cartada. Esse Lamenza parece acreditar em sua inocência. Seus artigos sugerem nas entrelinhas que o sindicalista foi assassinado pelo filho do maior plantador de Quipapá, Kelbian Carvalho. O homem que teria sido visto em Recife na véspera do crime. O que significaria que Cruz serviu de bode expiatório num caso que coloca em jogo poderosos interesses. A destilaria dos Carvalho é uma das maiores do Nordeste. E se viu à beira da falência por conta da queda contínua das vendas de álcool no país. Kelbian Carvalho procedeu a uma crapulosa demissão em massa para fazer economia às custas dos empregados. Decisão que ameaça provocar grande penúria durante o inverno. Policarpo tentou se opor a isso enquanto presidente da sucursal local do Sindicato dos trabalhadores rurais. Conhecemos a continuação.

Cruz finalmente consegue falar com Lamenza no quarto dia. O repórter acaba de chegar de Quipapá: foi obrigado a fugir às pressas da cidade após ter sido ameaçado de morte numa plantação dos Carvalho. Cruz se apresenta com voz surda e pede para encontrá-lo assim que possível. O jornalista hesita mas acaba aceitando. Cruz indica o endereço de um telefone público no centro da cidade e lhe pede para estar lá às dezesseis horas. Ligará para ele de novo nesse horário para lhe comunicar o lugar definitivo do encontro.

Na hora marcada Cruz está de sentinela na frente da agência central dos correios. Apesar da multidão ele nota de longe um homem grisalho de tez escura que se aproxima pela larga calçada oposta da avenida Guararapes. Veste como tinha dito um paletó claro com finas listras azuis. O homem do paletó atravessa a fileira irregular dos camelôs e chega em zigue-zague ao casco amarelo do telefone diante do qual está postado Cruz. Lança olhares a seu redor. Cruz aperta um pouco os olhos por causa do sol. A altura. A idade. Os cabelos. Os óculos de aro de tartaruga. Só pode ser Lamenza. Cruz se dirige a grandes passos ao telefone ao lado mas uma mulher de rabo de cavalo acaba de tomar posse dele. Tem que esperar.

A mulher é tagarela. Seu salário de enfermeira não é reajustado há três meses. Sua filha está com rubéola. Seu marido a trai.

Cruz se impacienta.

Não quer abordar de frente o jornalista: Lamenza pode ter alertado a polícia. Ele alugou um quarto para aquela tarde num dos inúmeros moteizinhos do centro. O letreiro deste se descama a não mais de cem metros do local onde Lamenza se encontra. O recepcionista gordo foi instruído a entregar a chave do 28 a um senhor de paletó claro com listras azuis. Cruz entrará no motel quando tiver certeza de que o jornalista veio sozinho.

Assim que a enfermeira desliga Cruz põe uma ficha no aparelho e disca o número do orelhão de Lamenza. Os bips se seguem rapidamente. Ocupado. Vira o pescoço: o telefone está no gancho. Tenta de novo e de novo. Sem sucesso. A linha deve estar com problema. Cruz dá um soco de raiva no bulbo de resina e se afasta debaixo dos olhares perplexos de um casal de estudantes que aguarda sua vez. Para e perscruta a multidão. O jornalista continua em seu posto mas procura agora se livrar de uma velha prostituta emperucada que quer fisgá-lo.

Alguma coisa o puxa pelas calças. Cruz deixa cair um olhar exasperado sobre o menino em farrapos que se propõe a engraxar seus sapatos. Está quase mandando-o pastar mas muda de ideia. Se debruça e aponta o jornalista e repete três vezes para o menino o que este deve lhe dizer. Precisa agir rápido. Lamenza começa a se irritar com a puta que visivelmente está bêbada e se recusa a deixá-lo em paz. Logo desistirá e voltará para seu escritório. Cruz sente que o moleque gravou bem a mensagem. Mostra-lhe uma nota de quinhentos cruzados e o empurra em direção a Lamenza.

Dezessete minutos se passaram quando Cruz penetra sorrateiramente no saguão mal iluminado do hotel. O recepcionista gordo confirma com ar de reprovação que seu amigo o espera no 28. E que realmente subiu sozinho.

A conversa dura uma hora e meia. Os dois homens apertam a mão e se sentam lado a lado sobre a colcha azul-real. Cruz sente sua tensão diminuir aos poucos. A clarividência de Lamenza e seu desejo de tirar o caso a limpo são um bálsamo para seu coração. O jornalista admite tranquilamente sua inocência e até afirma que sempre esteve convicto dela. Cruz faz um relato o mais detalhado possível dos acontecimentos. Omite apenas sua pequena barganha com Policarpo: ela não se consumou e não acrescenta nada para a compreensão do caso. Chega ao momento da irrupção dos misteriosos assassinos.

Lamenza levanta a mão.

Pode descrevê-los para mim?

Cruz só se lembra de um homem loiro. De rosto maciço e olhos azuis salientes. O jornalista parece decepcionado.

E o outro?

Cruz só o percebeu de costas na penumbra da sala de estar. Um cara alto. Moreno. Mais para magro. É tudo o que tem a dizer.

Seria capaz de reconhecê-lo se o tivesse diante dos olhos?

Cruz levanta os ombros. Não sabe dizer.

De reconhecer sua voz?

Sua voz sim. Talvez sim.

Cruz fala a seguir dos documentos mencionados pelos dois assassinos. Lamenza lhe pergunta o que aconteceu com eles. Cruz não faz ideia. Os matadores devem ter pego antes de fugir.

Lamenza balança a cabeça sorrindo e lhe conta sua estadia em Quipapá. Lamenta ter deixado a cidade tão precipitadamente. Estava prestes a obter uma entrevista exclusiva com Sônia Crente – a ex-amante do dono da destilaria – mas as ameaças de morte de Kelbian Carvalho tinham que ser levadas a sério. O velho Moacir reina como mestre absoluto da região. As autoridades locais comem em sua mão.

Lamenza não tem dúvida de que Kelbian é culpado. Policarpo cometeu o erro fatal de entrar em conflito declarado com ele. O jornalista sabe de fonte segura que houve ameaças de ambas as partes. Policarpo fugiu imediatamente para o Recife. Basta conhecer a personalidade de Kelbian e seus antecedentes de violência para adivinhar a sequência. A prisão de Cruz foi mera coincidência mas caiu como uma luva para a família Carvalho. Moacir certamente acionou suas poderosas relações para que a polícia o indiciasse e não levasse as investigações adiante. Isolaram-no. Torturaram-no. Ele confessou. Teria direito no máximo a um simulacro de processo se continuasse na prisão. Mas o mais provável seria que os policiais armassem uma morte acidental para ele antes do fim da instrução.

Uma estranha embriaguez invade Cruz. Tem a impressão de emergir de uma apneia sufocante. As peças do quebra-cabeça vão se encaixando.

Lamenza faz uma pausa. Cruz o fixa com um sorriso fascinado. Está suspenso em seus lábios.

Falta-me um elemento decisivo, diz Lamenza. Por isso a proposta que vou lhe fazer.

Cruz balança a cabeça.

É bem simples. Publicarei sua defesa na *Folha*. Posso dar um jeito para que saia ainda amanhã de manhã. E vou fazer tudo o que puder para mobilizar meus amigos e a opinião pública. Enquanto isso, você irá para Quipapá.

O sorriso de Cruz se desfaz.

Para Quipapá? Mas... com que intuito?

Por culpa de Kelbian, não pude concluir minha pesquisa de campo. Você poderia me ajudar a reunir as informações que faltam, por exemplo, indo ver a irmã de Policarpo. E sobretudo a ex-amante do velho Carvalho. Estava em plena negociação com um amigo dela para conseguir essa entrevista quando tive que fazer as malas. Terá que ser discreto, evidentemente. Mas lembre que ninguém o conhece lá. Além disso, com essa barba e esses quilos a menos, posso lhe garantir que não se parece nem um pouco com as fotos publicadas na imprensa. Nem com aquela de seu aviso de busca. Não o teria reconhecido nem de perto. E acrescento que a polícia de Quipapá não tem nada a ver com o mandato de prisão que pesa sobre você.

Cruz abre a boca mas o jornalista levanta a mão.

Ainda não disse o essencial. É absolutamente necessário que veja Kelbian Carvalho com seus próprios olhos. Tenho certeza de que foi ele que você empurrou na Rua da Aurora, mas preciso de um testemunho categórico e você é a única testemunha ocular desse crime. Não será difícil. A cidade é pequena. Eu lhe direi quais são os lugares onde terá mais chance de encontrá-lo e...

Mas... ele também me reconhecerá.

Você mudou muito, Alberico. Garanto-lhe que não corre nenhum risco. Além disso, não precisará se aproximar dele. Trate apenas de ouvir sua voz. Não vai ser difícil: ele está sempre latindo. E a última coisa que imagina é que você apareça em seu território. Esse cretino se acredita intocável.

Cruz hesita.

Pense bem, Alberico. Quer ser inocentado? É a única testemunha desse assassinato. Se identificar Kelbian Carvalho, estará salvo.

Ainda é cedo, mas o Quilombo já está aberto. Estaciono na frente do bar e atravesso o portão com o jornal na mão. Sinto logo de cara que as coisas não vão se passar como eu previra. O Gordo está ali, sentado a uma mesa redonda, bem no meio do terraço. Com uma caneta na mão, faz suas contas ou algo do gênero. Mas não está sozinho. Diogo lhe faz companhia, enfiado em seu uniforme. Há também quatro PMs no balcão. E como se não bastasse, os pistoleiros desempregados daquela noite jogam dominó do outro lado do terraço.

Quando entro, todos me olham. Acho que estava sendo esperado. O Gordo não parece surpreso nem assustado. Diminuo o passo perguntando-me se foi boa ideia vir assim de improviso sem garantir minha retaguarda, mas já é tarde para recuar. Ando até o Gordo e jogo o jornal na mesa.

Vai me pagar por isso, digo.

Diogo me fixa com ar zombeteiro.

Isso o quê? exclama o Gordo, espantando uma mosca imaginária.

Não se faça de desentendido. Sabe exatamente do que estou falando. Senão, por que teria chamado todos esses cachorros?

Calma aí, diz Diogo, projetando o peito. Eu e meus homens estávamos passando por aqui. Nosso amigo nos convidou para tomar um café e nós aceitamos. Só isso. Parece ainda mais agitado do que de costume, Kelbian. Algum problema?

Fuzilo-o com o olhar.

Se acha que basta fofocar umas balelas a um bisbilhoteiro de merda da *Folha* para nos derrubar, está muito enganado.

Balelas? Eu acho que o que esse jornalista escreve faz muito sentido, defende-se o Gordo. Imagine que tive a oportunidade de conversar com Policarpo na noite de sua partida. Isso mesmo: foi aqui que ele tomou seu último copo. Comigo. E sabe o que ele me disse? Que sua vida estava por um fio desde que ousara não abaixar a cabeça para os Carvalho. Então jurou que venderia caro sua pele. Falou de um dossiê explosivo, que provava a existência de um caixa dois na destilaria. Algo capaz de derrubar o império de vocês, segundo ele. O que diz de tudo isso, Sr. Kelbian Carvalho?

O que quer que diga, veado da porra? Mostre esse dossiê e veremos.

Bom, intervém o coronel, virando-se calmamente para o gordo, tenho que voltar à caserna para assinar algumas ordens. Estarei de volta em uma hora. Incomoda-se, caro amigo, se meus homens esperarem aqui?

É claro que não, responde o Gordo, com um sorriso sacana. Sabe que eles sempre serão bem-vindos em meu modesto estabelecimento. Espero-o para o almoço.

Até logo, Kelbian, me diz o coronel ao se levantar. Eu também espero lhe oferecer hospitalidade em breve. Já vejo as manchetes. Um Carvalho entre os muros de nosso quartel: será uma honra para nossa corporação.

Estão zombando da minha cara. Dou um passo à frente, mas o estalido de travas proveniente do balcão me faz parar. Mais um passo e estou morto. Deixo Diogo partir. Um dos PMs vai atrás dele, mas os três outros ficam ali, de fuzil na mão.

Respiro fundo.

Não vai levar esse segredo para a cova, Gordo. Sei que foi você que contou essas patranhas para o jornalista. Papai não vai gostar nada disso.

E daí? Pouco me importa, vou deixar a cidade. Quanto a essas supostas patranhas, é tudo verdade, pergunte à Sônia. Seu pai era louco por ela, sabe muito bem disso. Ela ficou grávida do Tiago nem três meses depois de sua mãe. Moacir lhe dizia o tempo todo que era com ela que queria viver. Ele nunca amou Eleonora.

Mentira!

Ah, é? O parto de sua mãe se anunciava complicado. Muito complicado. Moacir viu aí uma oportunidade de ouro para se livrar dela. Trancou a fazenda e proibiu todo mundo de chamar o médico. Chegou a atirar numa criada que tentou fazê-lo. Acredite, Kelbian, é um milagre que você tenha sobrevivido. A menos, como diz tão bem Sônia, que você seja o castigo reservado por Deus ao demônio que o engendrou. Acontece que nem todo mundo é capaz de guardar um segredo tão pesado, e as línguas acabaram se soltando. Assim que soube a verdade, Sônia rompeu com Moacir. Tiago ainda não tinha nascido. Ela só não o denunciou porque estava grávida dele.

Tudo isso é nojento demais para ser resolvido com palavras. O Gordo continua sorrindo quando levo a mão direita à cintura. Os quatro PMs apontam suas armas para mim. Se tivesse a menor oportunidade de estourar seus miolos, aproveitaria. Mas sei que já seria um presunto antes mesmo de poder mirar nele. Meu braço recai.

Você vai morrer, Gordo. Pelo que acaba de dizer e por todo o resto, vou te matar. Você não merece viver.

Ele leva uma mão à boca e começa a gargalhar como uma perua.

Escutem essa, diz ele, virando-se para os recrutas. Esse imbecil quer me matar. Só porque acaba de descobrir que seu pai não é o herói que pensava. Não é comovente?

Os militares caem na gargalhada, logo seguidos pelos matadores que tiraram os narizes do dominó. Minha visão se turva, saio andando para trás, sob o olhar vazio dos três canos fixados sobre mim.

Cruz acabou cedendo a Lamenza: partirá ao amanhecer. Telefonará para a *Folha* a cada vinte e quatro horas para informá-lo de seus progressos e vice-versa.

Nunca pôs os pés na Zona da Mata. Apenas aprendeu na escola que as plantações de cana-de-açúcar substituíram ali uma imensa floresta tropical outrora povoada por índios. Seria incapaz de localizar Quipapá num mapa do estado. Nunca se aventurou a mais de trinta quilômetros do Recife. Tem uma visão um tanto apocalíptica do mundo rural: ela se reduz ao que leu no jornal ou viu na televisão. Imagina o interior de Pernambuco como uma selva sanguinária onde a única lei em vigor é a lei do mais forte. E onde potentados medievais esmagam pela violência e pelo suborno massas de miseráveis ignorantes e desdentados por chuparem cana o dia inteiro – sempre prontos a se entrematarem a machadadas por um pedaço de pão ou um olhar de soslaio.

Chega à rodoviária às seis horas da manhã seguinte. Compra uma passagem e a última edição da *Folha*. Então embarca num velho ônibus branco e vermelho da Jotude. Lamenza cumpriu sua palavra. Seu testemunho ocupa duas colunas da rubrica policial. Acompanhado de um longo comentário que corrobora a tese de sua inocência.

A viagem dura três horas. Os primeiros campos de cana queimados aparecem vinte quilômetros depois da saída do Recife e criam uma paisagem sinistra apesar do azul do céu. Os boias-frias pretos de fuligem andando lentamente à margem da estrada têm algo de espectral. Os morros se tornam pouco a pouco mais altos e o relevo se torna mais acidentado.

A estrada cada vez mais sinuosa beira agora imensos bambuzais. Mais abaixo desfilam regularmente vilarejos lineares de casebres de taipa. Silhuetas em farrapos capinam sob um sol de chumbo a terra calcinada das plantações. O ônibus volta e meia reduz a marcha e ultrapassa um pau de arara transportando a outros campos um amontoado de estranhos fantasmas que às vezes se animam de repente para lançar aos viajantes saudações e risos e gracejos.

Cruz acaba cochilando. O ônibus está entrando em Quipapá quando volta a abrir as pálpebras. A cidadezinha fica entre dois morros íngremes cobertos de casebres. Ladeiam um riozinho de águas marrons antes de entrarem na avenida principal do centro: um cânion caótico de lojas velhas ressoando perpetuamente uma cacofonia de propagandas vomitadas por enormes alto-falantes. As calçadas arruinadas formigam de gente pobre. Os vendedores postados na soleira dos comércios vigiam com olhos desconfiados as pencas de mulheres rodeadas de crianças que remexem nas pilhas de trapos das estantes. Cruz enfia a cabeça entre os ombros duas vezes ao ver os PMs que patrulham em duplas a multidão.

Passam por uma praça retangular onde se ergue a igreja neocolonial de Quipapá. As ruas que dão nela são mais calmas e têm belos casarões cujas portas e janelas gradeadas lembram certos velhos bairros de classe média do Recife. Fazem Cruz esquecer temporariamente o desolador espetáculo dos morros circundantes. É neles que se amontoa, segundo Lamenza, nove décimos de uma população que não para de crescer ao ritmo das secas do sertão.

Cruz desembarca na rodoviária e é imediatamente assaltado pelo cheiro que impregna o ar úmido. Um fedor quase excrementoso parecido com aquele da cela. Decide-se a procurar logo o único hotel de Quipapá. Lamenza lhe deu o endereço e disse que ficava na beira do rio. Cruz o localiza a algumas dezenas de metros da praça central. O Nuclear é um cubo maciço de tijolos sem reboco pintados de verde-pastel. Sua fachada curiosamente sem janelas lhe dá o aspecto de uma espécie de depósito. Cruz leva algum tempo para encontrar a entrada também curiosamente situada nos fundos. Antes de entrar contempla por um instante a margem debruada de lodo preto que lhe faz face.

A recepção se reduz a uma cadeira vazia no fundo de um estreito corredor e não há ninguém à vista. A única porta do lado esquerdo do corredor dá para um refeitório deserto. Cruz volta até a porta pela qual passara do lado direito. Fechada. Chama e bate palmas e procura em vão uma sineta ou uma campainha. Passos arrastados acabam se fazendo ouvir atrás da porta. Ela se entreabre e uma voz feminina resmunga:

O que deseja?

Preciso de um quarto. Tem lugar?

Uma mulher macilenta passa a cabeça pela fresta. Uma branca de cabelos sebosos entre quarenta e cinquenta anos. Transpõe a soleira. Veste uma camiseta com a bandeira do Brasil e um shortinho de elastano que não tem mais muito de cor de rosa. Avança com uma manga meio chupada na mão e abafa um bocejo enquanto examina Cruz.

Lugar? repete ela. É o que não falta ultimamente. O senhor não é daqui não, né?

Não. Acabo de chegar do Recife.

Imaginei. E veio fazer o quê em Quipapá?

Ver a família. Minha irmã mora aqui.

Ah, exclama a mulher. E o senhor não vai ficar na casa dela?

Cruz preparou um álibi com Lamenza:

Não me dou muito bem com seu marido. E talvez precise ficar alguns dias. Nosso pai morreu. A herança.

Ah. Quer uma manga?

Não. Obrigado. Fica no meio dos meus dentes. Tem muita gente no hotel?

O senhor tá zombando? O que é que gente de fora viria fazer aqui? Nosso último cliente foi embora anteontem, um jornalista, e saiu daqui correndo. Ainda bem. Ia acabar nos trazendo aporrinhação com seus... Ei, você não é da imprensa, espero?

Eu? Sou vendedor de carros. Tive que tirar uns dias de folga para vir ver minha irmã. Pode me mostrar o quarto? Gostaria de tomar um banho. O cheiro tá forte lá fora.

É a vinhaça, diz a mulher.

O quarto para onde o leva cheira evidentemente a mofo. Há uma mesinha de cimento encostada na parede e a cama de solteiro é estreita como um beliche de marinheiro. O cheiro de excremento volta ao ataque assim que Cruz abre a janela. Está voltando a fechá-la quando a mulher lhe traz um par de lençóis cinza e uma toalha gasta com aspecto de pano de chão.

De banho tomado ele sai do hotel e se dirige ao colégio Bom Jesus. Lamenza o informou de que a irmã de Policarpo alfabetiza ali crianças do campo. Percorre mais de três quilômetros a pé sob um céu subitamente ameaçador. Enormes nuvens se formam a cada minuto. Para escorrendo suor no portão da escola. As três alas delimitam um pátio cimentado no centro do qual cresce um flamboyant. Pergunta ao porteiro pela irmã Esperança. A religiosa sai pouco depois do prédio da esquerda. É bem mais jovem e redonda do que Policarpo mas tem efetivamente alguma coisa dele com seu nariz achatado e seus cachos que podem ser adivinhados por baixo da touca. Chega até os dois sem tirar de Cruz seus olhos plácidos. Inspira confiança.

Cruz explica que deseja falar com ela. Irmã Esperança demonstra ao porteiro que está tudo bem com um sinal de cabeça e leva Cruz lentamente até o fundo do pátio vazio. Fecham-se na sala dos professores.

Cruz sai da escola uma hora depois na bagunça do recreio com a lamentável sensação de ter perdido tempo. A religiosa falou muito sobre as dificuldades da congregação mas praticamente não tinha mais contato com seu irmão havia anos. Ignora tudo de suas atividades e eventuais inimigos. Nada contou sobre a família Carvalho que Lamenza já não tivesse dito. Salvo que Kelbian tem há muito tempo uma amante negra chamada Rosa Ialorixá e que ela lhe deu um filho bastardo de 5 ou 6 anos. Uma bruxa. Foi o que irmã Esperança disse com uma centelha de ódio nos olhos de que Cruz não a imaginava capaz. Uma macumbeira instalada num dos bairros mais mal-afamados da cidade.

Uma chapa negra cobre Quipapá quando Cruz pega o caminho do hotel. As pessoas correm rindo nas ruas atravessadas por rajadas de vento e chuva.

Chega ao Nuclear encharcado e sobe até o quarto para pôr suas roupas para secar. Desce para o almoço. Vence um bife que mais parece uma sola de sapato no refeitório sempre deserto e se aventura até a soleira do hotel. A muralha líquida que quase apaga os contornos de um caminhão estacionado a menos de cinco metros dali o desencoraja e ele dá meia-volta. Relê em seu quarto todo o comentário que acompanha seu depoimento na *Folha* enquanto espera a chuva passar. Pretende ver hoje mesmo o dono do Quilombo Bar. Lamenza escreveu um bilhete de recomendação para ele. A meta é obter um encontro com Sônia Crente. Essa mulher forte vive como uma eremita numa pequena propriedade na saída de Quipapá. É a pessoa melhor situada para testemunhar as torpezas da família Carvalho segundo Lamenza. Talvez forneça informações decisivas para a sequência da investigação.

Por volta das três da tarde Cruz aproveita uma estiada para sair do hotel. Não tem nenhuma dificuldade em encontrar o Quilombo Bar: os pinguins sobre fundo vermelho da Antártica se destacam no meio da rua calma. O dilúvio deixou marcas: as margens do rio transbordam e as calçadas estão alagadas em alguns pontos. Os pedestres dão saltos quando os carros passam para evitarem respingos. Cruz se sai bem nesse esporte mas a perna direita de sua calça jeans está mesmo assim constelada de pequenas manchas marrons quando chega à frente do Quilombo.

O portão está fechado. Dez ou doze engradados estão empilhados ali na frente.

Cruz procura em vão uma indicação dos horários de funcionamento. Contorna o alto muro de tijolos coroado com cacos de vidro até a esquina e coça a nuca e volta sobre seus passos. Um homem escuro e barbudo em mangas de camisa se aproxima. Cruz o interpela:

Sabe me dizer a que horas esse bar abre?

Ora, diz o homem, parando diante dele, é estranho. Normalmente já está aberto a essa hora. O Gordo deve estar de ressaca. Não seria a primeira vez. Tentou a outra entrada? Pela rua Manoel Corrêa?

Cruz faz que não com a cabeça.

O homem explica sem pressa que o portão diante do qual estão dá para o terraço do Quilombo mas que o bar dispõe de outra entrada que dá para o salão.

Pegue a esquerda na esquina e contorne o quarteirão.

Cruz sai com passadas largas sem esperar as perguntas que sente vir.

A porta está entreaberta. Cruz a empurra e atravessa o salão vazio até chegar a um guarda-vento de telhas. Acaba desembocando num imenso terraço com caramanchões derreados sob um emaranhado inextricável de bougainvilles malva e vermelhos. As cadeiras estão todas sobre as mesas. Um rapazote de braços secos esfrega freneticamente o chão de cimento vermelho a alguns metros dali. Ele levanta a cabeça e encosta a vassoura numa mesa. Aproxima-se com andar gingado.

Tá fechado, diz com voz fina, examinando Cruz dos pés à cabeça. Posso ajudá-lo?

Gostaria de falar com o dono. Da parte de um amigo em comum.

O rapaz faz uma expressão de amuo.

Tarde demais. O Gordo foi embora ontem.

Embora?

Para o Rio. Pegou o voo da noite. O pinga-pinga. Aquele porco sequer me avisou. Brigou com o filho do seu Carvalho e preferiu sair de fininho.

Cruz observa longamente o cimento irisado de bolhas.

Vixe, diz o rapaz. Fique triste não. O Gordo é assim mesmo. Não dá para contar com ele. E o pior é que o idiota nem corria muito risco. Parece que seu Carvalho acaba de voltar, o que quer dizer que o filho dele não deve pôr o nariz pra fora por um bom tempo.

O quê?

É sempre assim. Cada vez que Kelbian desembesta, o velho prende ele na fazenda por várias semanas, até a poeira baixar. Todo mundo sabe disso em Quipapá. E caso não esteja a par, Kelbian desembestou grande nos últimos tempos. Ele...

Eu sei. Fazer o quê? Eu... vou dar um jeito.

Se quiser uma cervejinha, posso lhe servir com prazer.

Não, muito obrigado.

Cruz se encurva olhando pra baixo. Acaba de perder de uma só vez toda chance de ver Sônia Crente e Kelbian Carvalho. Lamenza e ele estão portanto privados de seu maior trunfo. Volta para o Nuclear debaixo de um céu novamente carregado e fica enclausurado em seu quarto até a hora de seu primeiro telefonema para o jornalista. Lamenza percebe seu desencorajamento e o aconselha a permanecer lá mesmo assim.

Nunca se sabe, diz ele. E está mais seguro em Quipapá do que no Recife, onde a polícia continua buscando-o ativamente. A situação certamente evoluirá nos próximos dias.

Lamenza explica que por sua parte tomou diversas medidas com o apoio de um amigo advogado. Acredita que logo terá excelentes notícias para lhe dar.

As palavras do Gordo doeram. Passei uma noite de cão.

Abro um olho às nove da manhã e só ao tocar a crosta de vômito colada a meus cabelos lembro do porre que tomei em meu quarto. Me desemporco e desço rapidamente. Não há tempo a perder, meu pai e Orlando vão chegar. A situação no Bico do Papagaio me volta à lembrança. Convoco Sergipe às pressas e o encarrego de substituir Tobias, assim, na lata. Ele segue imediatamente para a plantação, com ordens de me telefonar durante o dia para dizer se os peões voltaram ao trabalho. Assim que chego de carro à pista, o jato de Orlando fende a camada de nuvens baixas. As primeiras chuvas virão em breve. Alguns minutos depois, ele pousa suavemente no asfalto. Papai é o primeiro a descer, seguido de minha cunhada.

Meu irmão mais velho sai por último. Veste um terno de linho bege chiquérrimo sequer amarrotado pela viagem. Ele mesmo pilota seu jato – é seu brinquedinho, seu orgulho. Vendo se aproximar sua cara bonitinha com suas têmporas prateadas sinto minhas tripas se retorcerem. Orlando não tem nem trinta anos mas parece bem mais velho do que eu. Qualquer um perceberia a hostilidade no abraço que trocamos. Nosso ódio recíproco é antigo. Enquanto eu galopava com Tiago pela região, Orlando ficava enfiado no quarto devorando livros e montando maquetes de avião. Um dia, só pra ver no que dava, quebrei todas. O miserável saiu choramingando e papai veio da usina só pra me dar uma surra.

Orlando foi fundo nos estudos. Se formou em economia na universidade do Rio. Gostava tanto do Sul que se instalou lá. Para que começasse na vida, o velho lhe deu um pequeno hotel para gerir perto da Barra. Orlando se deu tão bem que comprou mais um em dezoito meses. Cinco anos depois, dirige uma cadeia de treze estabelecimentos que se enchem de babacas todo fim de semana.

O velho e Orlando parecem contentes. Pelo que dizem, as coisas andam bem em Brasília. O projeto de anistia deve ser votado daqui a uns dez dias. Em sessão extraordinária, por favor. Meio derrubado, instalo-me com eles na varanda para o café da manhã. Quipapá desperta lá embaixo à sombra dos morros. À nossa esquerda, a massa da usina aponta suas chaminés para as nuvens em contraluz. Estas, ao leste, estão escuras como tinta. O ar está carregado. A mulher de Orlando fala sem parar. O estresse das megalópoles, o cosmos segundo Shirley MacLaine, a harmonia interior, o carma selvagem de Pernambuco. Não para nem para respirar. Felizmente, depois do café, ela vai supervisionar o trabalho das empregadas que desfazem suas malas.

Minha vez de falar. Conto aleatoriamente tudo que me aconteceu naqueles cinco dias. Mostro os artigos daquele merda de Lamenza e lhes falo do Gordo, de Diogo, da greve no Bico do Papagaio, da fuga de Tobias.

Esperava levar um sabão. Ou ao menos que o velho se irritasse, mas nada. Orlando e ele me escutam sem reagir. Papai não esquenta nem mesmo lendo o artigo sulfuroso da *Folha* de ontem. Depois de um minuto de reflexão, me diz que resolveremos isso mais tarde. As turbulências o sacudiram tanto que seu esôfago está em pane. Apoiado em meu irmão, sai para tomar um banho.

Para enxaguar meu suor e pôr as ideias no lugar, decido dar um mergulho na piscina. A mulher de Orlando aparece logo depois, vestida, se é que se pode dizer, com um fiozinho que adentra completamente em sua bunda. Ela tem um corpão e sabe disso melhor do que ninguém. Deve passar mais tempo cuidando daquele traseiro do que dos lesados da elite. Depois de entrar na água, senta-se na beira da piscina, com os pés dentro d'água e, como quem não quer nada, começa a me fazer um monte de perguntas sobre nossa infância.

Ela me olha de um jeito engraçado e fala lentamente, com palavras simples, como se eu fosse um retardado. Vai saber o que Orlando disse de mim. Me dá vontade de contar qualquer merda. Invento na hora duas ou três anedotas em que seu queridinho sempre faz o pior papel: frouxo, hipócrita ou otário. Ela vai embora com seu fio dental e sua toalha, me olhando atravessado.

Ao voltar para dentro, cruzo com o mordomo que está indo para a biblioteca levando os jornais da manhã. Visto o que ocorreu no Bico do Papagaio ontem, não sinto a mínima vontade de ler isso. Meia hora depois, o mordomo de novo: o senhor Moacir me espera na biblioteca. É uma sala bonita pra caralho, com madeirame antigo e livros de capa dura. Nunca me senti à vontade nela. Orlando também está ali, é claro, com as mãos nas costas. Percebo a *Folha do Recife* aberta sobre a mesa.

Papai captura o meu olhar.

Leu isso?

Balanço a cabeça.

Não é nada bom. Dê uma olhada, Kelbian.

Debruço-me sobre a mesa. Uma manchete salta aos meus olhos: "SOU INOCENTE", por Alberico Cruz. Segue um longo depoimento do foragido que se apresenta como uma simples testemunha do assassinato. Policarpo teria sido morto por dois desconhecidos que fugiram depois de ter tentado matar Cruz na escada. Sua ladainha é seguida de um artigo evidentemente assinado por Lamenza, que deixou Quipapá ontem de manhã. Não apenas o jornalista sustenta a versão de Cruz, mas ousa traçar um paralelo com a maneira como o ameacei no Bico. Recorda que documentos importantes da contabilidade da destilaria sumiram e me acusa do assassinato com meias palavras. Hesito em erguer a cabeça. Não tenho pressa de encarar o velho, que me fixa desde o início.

Você é impulsivo demais, Kelbian. Essa gente está tentando nos provocar. Não devia ter caído na armadilha. Era a última coisa que devia ter feito.

Mas, pai, esse bosta passa o tempo todo nos atacando. Não podemos deixar isso assim.

Orlando se aproxima e coloca uma mão em meu ombro, com o olhar cheio de condescendência.

Eles não têm nada de concreto contra nós, diz com sua voz untuosa. Tudo isso é apenas blefe. Mas precisamos ser prudentes. Boatos podem fazer grandes estragos. Quanto menos dermos o que falar, mais rápido nos livraremos da imprensa. O público logo se cansa.

Não devemos lhes dar nenhum pretexto, acrescenta o velho. Você é muito esquentado, meu filho. Que ideia foi essa de ameaçar o jornalista?

Você viu como ele me acusa? respondo. E ele estava falando com nossos peões, fez tudo para pôr lenha na fogueira.

Papai balança lentamente a cabeça.

Quero que você fique calmo. A replanta ainda não foi feita. Temos muito a perder.

Estão falando muito de você, prossegue Orlando. É melhor que fique algum tempo sem sair da fazenda. Aqui, pelo menos, não corre nenhum risco. Mesmo com um mandato de prisão, a polícia nunca entrará em nossas terras. A safra terminou e...

Com a confusão que está acontecendo no Bico? Sem chance, velho. Papai precisa de mim. Temos que pôr ordem naquilo.

Não enquanto a imprensa estiver de butuca na área, intervém meu pai. Orlando tem razão, Kelbian. Melhor deixar passar a tempestade. Você não tem experiência, e a arte da negociação não se aprende de uma hora para outra. Vou tomar as rédeas das coisas. Você deve ficar quietinho por um tempo.

Parece estafado, me diz Orlando. Aproveite para relaxar um pouco, vai lhe fazer bem.

Meu olhar passa de um para o outro. Eles me observam sorrindo. Silêncio. Não há dúvida, acham que sou um idiota. Tenho certeza de que Orlando está por trás de tudo isso. Ele sempre soube levar o velho pelo nariz com suas frases rebuscadas e sua voz de veludo. Não seja por isso. Pela primeira vez, até que seu jogo pode me ser útil. Estou louco para tomar as rédeas do meu próprio negócio, e é agora ou nunca.

Então está bem, digo. Vou ficar na moita na casa de um amigo em Caruaru.

Papai me dá as costas e olha pela janela. Orlando dá uma olhada para ele antes de sacudir a cabeça.

Não, Kelbian, não é uma boa ideia. É melhor não sair da propriedade. Se o virem, isso provocará mais boatos. E, afinal, tem tudo de que precisa aqui, não? Tem que admitir que espaço não falta.

Esse imbecil me brinda com uma piscada cheia de hipocrisia. Papai permanece mudo. Aparentemente, Orlando acha que está no comando. Olho-o por um bom tempo e saio da biblioteca sem protestar, decidido a lhe dar uma lição.

Depois de um dia sem fazer nada, tenho outra noite de insônia. Além das acusações do Gordo, penso na maneira como Orlando ordenou que eu ficasse preso em casa. Penso também na mina e em Tiago, de que não tenho notícias há um bom tempo. Foda-se que a imprensa esteja me acusando. Não corro nenhum risco, não matei Policarpo.

Antes do amanhecer, deixo nossas terras no volante de um dos jipes da fazenda. Choveu a noite toda e a paisagem parece uma esponja. Levo o máximo de galões de combustível. Terei que passar por Caruaru para pegar os garrafões de mercúrio que encomendei há algum tempo. É um produto importado, só dá pra comprar de contrabando. A seguir, estaremos fornidos para vários meses, mesmo que nosso filão comece a cuspir pepitas a granel.

Ao fim de trinta quilômetros, mudança de cenário: apesar das nuvens escuras que vejo no retrovisor, os morros estão ainda mais secos do que da última vez. Quase todos os arbustos torraram ao sol. Na estrada de Caruaru, qualquer brisa provoca turbilhões. Em alguns lugares, famílias de matutos se obstinam em cultivar pés de abacaxi raquíticos. Mais dia menos dia partirão para tentar a sorte na cidade. Seu futuro está escrito como numa partitura, acabarão em uma favela.

No distrito industrial de Caruaru, pego meu carregamento de mercúrio na porta dos fundos de um depósito de produtos químicos e continuo a viagem, evitando as estradas federais. Sem problemas, conheço as estradinhas da região como a palma da minha mão. Tomo uma que segue em linha reta através dos arbustos. Ninguém nunca passa por ali. Outrora era uma verdadeira estrada, que levava a um verdadeiro povoado, mas seus habitantes saíram todos dali no fim da corrida ao ouro, cento e cinquenta anos atrás. A carcaça de uma capela portuguesa ainda reina no alto de um monte.

Agora estou no sertão. Atrás do meu jipe, a poeira substituiu as nuvens. Por uma hora, rodo como um maluco através da caatinga sem fazer uma curva. Minha garganta está seca. Passo por um pico em forma de punho erguido e viro à direita. Mais cinco quilômetros de uma estradinha esburacada que sobe a dez por cento até o alto de um platô varrido pelos ventos e a seguir terei que navegar no instinto. Sem estradas, sem rastros. O sertão não é brincadeira. De vez em quando, o jipe dá uma guinada fenomenal e acabo tirando um pouco o pé, lembrando dos garrafões de mercúrio que sacolejam no bagageiro. Essa porcaria me custou os olhos da cara. O centilitro aumentou cinquenta por cento desde a última encomenda.

O platô se divide de repente em duas fileiras de falésias. Com um vale deserto no meio. Nosso vale, meu e de Tiago. Somos sócios nesse negócio. A terra é dele, ganhou de nosso pai. De minha parte, forneço a grana e os materiais. Comprei quase tudo no Recife por questão de discrição. Quanto à mão de obra, repartimos os custos, mas não é muita coisa. Fizemos o que era preciso para diminuir os gastos. Está combinado desde o início que dividiremos os lucros igualmente. E se a má sorte finalmente nos deixar, logo teremos ouro para o resto de nossos dias.

A descida fica cada vez mais íngreme, e me deixo levar em ponto morto até o vale. A mina está escondida lá, à sombra de uma das falésias. Paro diante do velho portão de madeira que demarca a entrada de nosso domínio. Não tem ninguém, não gosto disso. Quantas vezes já repeti que era para ter alguém de guarda o tempo todo? Desço do carro, empurro o portão e volto para o volante.

Mais um bom quilômetro de sacolejos e chego à mina. Duro como uma estaca, Chulé vigia a extração à beira do fosso com seu rifle. Minha buzinada o faz levantar vagamente a mão esquerda, e ele volta a observar os peões que saem em fila indiana da galeria cavada no fundo do fosso e depois sobem como formigas a estreita trilha talhada no flanco da parede. Cada homem carrega nos ombros um saco de quarenta quilos de cascalho. Quando chegam em cima, dirigem-se arrastando os pés até o hangar central.

Do qual jorrarão em breve milhares de pepitas.

As vinte e quatro horas seguintes são um interminável cortejo de temporais e dúvidas. Nem a sombra de um avanço. Cruz passa a maior parte do tempo deitado na cama com as mãos atrás da nuca. Espera uma ligação de Lamenza e se sente cada vez pior em Quipapá. As ruas estão infestadas de mendigos e estropiados. Todo mundo se conhece. A maioria das pessoas parece não ter mais o que fazer do que ficar o dia inteiro plantada na calçada ou sentada na frente das casas. Cada vez que se arrisca do lado de fora sente-se acossado por uma multidão de olhares insistentes. Ainda bem que sua foto em preto e branco publicada na *Folha* da véspera data de sete ou oito anos atrás. Não era mais do que um pós-adolescente imberbe e cheio de espinhas. É a foto de sua carteira de motorista e a mesma que também enfeita seu aviso de busca.

No fim da tarde seguinte o sol finalmente consegue rasgar a camada de nuvens. Cruz vagueia na praça da igreja. Então decide entrar num boteco escuro cujo balcão é assaltado por várias colunas de formigas. Pede uma cerveja.

O senhor não é daqui não, diz o dono, colocando diante dele uma garrafa coberta por uma fina película de gelo.

Cruz resmunga uma resposta ininteligível e vai para a ponta do balcão a fim de observar as ondas de pedestres que se entrecruzam na calçada luzente de água da chuva. Todos se parecem. Têm todos mais ou menos a mesma voz. Suas chances de encontrar o matador percebido de costas na Rua da Aurora estão próximas do zero absoluto. Para que continuar mofando nesse buraco?

Acaba de começar a segunda garrafa quando a aparição de uma sombra na soleira o faz erguer a cabeça. Uma mulher negra alta e bonita com tranças rastafari avança a passos lentos. Leva pela mão um menininho café com leite. Usa um leve vestido amarelo que dança como bruma sobre suas ancas e sublinha a nudez de seus ombros. Cinge seus pés miúdos um par de sandálias de couro da Bahia. Suas unhas estão pintadas de malva. Ela roça Cruz sem um olhar envolvendo-o num estranho aroma de fruta e suor e se senta com graça numa banqueta a menos de um metro dele. Cruz está fascinado. Uma flor acaba de desabrochar no estrume de Quipapá. Ela levanta o menino para sentá-lo a seu lado e o tilintar de seus vários braceletes de prata desperta Cruz. Ele se força a baixar os olhos para a espuma de seu copo.

Oi, Rosa, diz o dono para a mulher. O que posso te servir?

Cruz continua a fixar sua cerveja.

Um guaraná pro pequeno. Pra mim um café e um copo d'água.

Recarregando a bateria antes de subir, hein? Deus do céu, que morreba. Reconheço que é bom para a forma, acrescenta o dono, acariciando com o olhar a silhueta da mulher. Mas mesmo assim, com as relações que você tem, nunca entendi por que continua lá em cima. Bastaria o filho do seu Carvalho estalar o dedo para você ter uma mansão na praça da igreja.

Cruz se agarra a seu copo. As palavras de irmã Esperança ressoam em seu cérebro. A sublime criatura que está estendendo uma garrafa de guaraná a seu filho só pode ser Rosa Ialorixá. A amante de Kelbian Carvalho.

Gosto não se discute, Nelson, diz ela. Eu prefiro ficar lá em cima.

Queria levar meu filho mais velho para você hoje à noite, diz o dono. Está com uma febre danada desde anteontem. Minha mulher já o encheu de comprimidos, mas só faz piorar. Te incomoda se o levar?

Cruz ergue furtivamente os olhos e vê o sorriso de Rosa iluminar a penumbra do bar.

Sabe muito bem que não precisa nem pedir. Se seu filho está mal eu o receberei a qualquer hora do dia ou da noite.

A sorte finalmente sorri para Cruz. Ou o destino. É um milagre. Não vai mais tirar os olhos daquela mulher. Ela pode levá-lo a Kelbian.

Rosa Ialorixá deixa uma nota no balcão. Desce de sua banqueta e pega a mão de seu filho. Os dois saem do bar.

Cruz conta até dez e paga sua cerveja. Levanta sem esperar o troco. Está chegando à calçada quando o dono exclama:

Ei, forasteiro! Não se empolgue demais com essa aí. Pode ser perigoso. Ela já tem dono.

Cruz se contenta com um sorriso de denegação e desaparece atrás do rastro da mulher de amarelo.

Seguir alguém não é fácil quando se é alvo de todos os olhares. Rosa Ialorixá para com seu filho na frente de uma loja e passa um tempo infinito examinando cuidadosamente montanhas de tecidos. Volta a andar mas volta a parar dez metros mais adiante. Cruz tem que empregar tesouros de engenhosidade para evitar ser notado. Começa se agachando para amarrar o sapato mas logo sente vinte olhares coçando sua nuca. Aproxima-se então da bandeja de balas coloridas de uma velhinha de lenço na cabeça. Examina as balas uma a uma vigiando com o rabo do olho a vitrine da tenda onde Rosa Ialorixá acaba de desaparecer. Quando sai ele fica alguns segundos na frente da velha e depois a deixa plantada ali.

Rosa e o menininho dão mais uma parada. Cruz não sabe mais o que fazer e os ultrapassa. Continua até a esquina da rua seguinte. Uma banca de revista lhe oferece afinal o pretexto que procurava. Folheia longamente uma revista de automóveis. Depois volta sobre seus passos. Passa sem um olhar pela loja onde a dupla entrou e se encontra na praça. Só lhe resta fingir que está admirando a fachada falsamente barroca da igreja.

Rosa parte mais uma vez e Cruz quase a perde. Mal tem tempo de entrever seu vestido amarelo antes de ela ser engolida pela multidão. Apressa o passo e esbarra com um aleijado que o insulta brandindo sua muleta.

Consegue restabelecer o contato visual depois de muitas cotoveladas. Rosa entra numa rua perpendicular seis ou sete metros à frente dele. Seu filho saltita em volta dela.

Cruz não quer perdê-la. Sabe que está se arriscando muito mas mesmo assim dá uma corridinha até a esquina. Assim que vira ela dá meia-volta.

Ele para bruscamente e põe as mãos numa prateleira de calcinhas e sutiãs. Alguns livrinhos de cordel estão pendurados ali com grampos de roupa. O vendedor que cochilava tem um sobressalto. Acabou. Ela o notou. Vai voltar sobre seus passos e lhe pedir satisfações. Ele não saberá o que dizer. Um tumulto se formará. A polícia o prenderá.

Passam-se os segundos. Nada. Cruz se resolve finalmente a dar uma olhada por sobre o ombro. Rosa Ialorixá não parece indignada. Nem nervosa. Está olhando para outro lado. Está sorrindo.

Cruz recoloca no lugar o sutiã que estava triturando sob os olhos surpresos do vendedor. Não foi desmascarado. Ela acaba de encontrar um conhecido.

Sim. É isso. Um homem se aproxima dela. Um cara de estatura média de jeans e camisa marrom. Tem um chapéu preto poeirento na cabeça. Ele a beija nas duas bochechas e se agacha na frente do menino e lhe faz agrados. Rosa e seu filho retomam a caminhada e o homem de chapéu os acompanha. Cruz os segue de longe.

O trio toma algumas dezenas de metros mais adiante uma ruela de lajotas soltas que sobe em linha reta até o topo do morro. A subida se torna mais íngreme a cada passo. O homem de chapéu fala sem parar. Está com a cabeça virada para Rosa. Ela se contenta em lhe dar uma olhadinha de vez em quando. Cruz começa a transpirar.

O menino logo começa a dar sinais de cansaço. O homem de chapéu o toma em seus braços sem parar de falar e dá uma corridinha para alcançar Rosa que continuou a subida entre duas fileiras de casinhas coloridas. Cruz sente alguma coisa de implorante na atitude desse homem. Ele tenta tocar o braço de Rosa mas ela se solta com um gesto brusco. Então para um pouco mais acima para lhe dizer algo olhando-o bem no olho. O homem de chapéu para também e sacode várias vezes a cabeça. Eles se encaram por um momento sem se mexer.

Cruz diminui o passo. Está apenas a quinze metros deles quando Rosa resolve se sentar numa mureta de tijolo à sombra de uma jovem mangueira. Cruza as pernas sem parar de fixar o homem de chapéu. Ele vai até ela com passos lentos e senta ao seu lado e põe o menino nos joelhos. Este tira o seu chapéu por brincadeira.

Quanto mais Cruz se aproxima menos tem coragem de olhar para eles. Uma tensão inaudita paralisa sua nuca. A mureta de tijolo está agora bem próxima. É só quando está à altura deles que arrisca finalmente uma olhadela oblíqua.

Seu coração dá um salto. Desvia imediatamente a cabeça.

Acaba de reconhecer o loiro que viu debruçado sobre a mala de Policarpo. É um dos dois matadores que tentaram abatê-lo no vão da escada da Rua da Aurora.

Assim que chego, algo me salta aos olhos: a ausência da picape de Tiago. Deve ter dado um pulo em Caruaru. Desço do jipe e abro a porta do hangar nº 2. O rugido das máquinas fere meus tímpanos. Vejo a alta silhueta de Mesquita parado diante do triturador onde os peões esvaziam seus sacos. Ele nem se vira. O hangar é um forno, estão todos banhados de suor. Alguns metros adiante, Sombra mexe com o mercúrio. Um baixinho invocado com franja de índio cujos olhos repuxados perscrutam a lama cinza que se agita na tina. À espreita de um reflexo amarelo. Ele me brinda com um gesto do queixo.

Quando reativamos a mina do Alemão seis meses atrás, foi preciso recrutar sujeitos de confiança. Mesquita é um antigo pistoleiro. Tiago o conheceu na época em que varava Pernambuco numa caminhonete estropiada vendendo estatuetas de barro pintado de Lampião e do Padre Cícero – antes que o velho lhe desse essas terras. Tiago também fez alguns trabalhos de matador para pagar suas contas, embora não goste de falar disso. Na época, tínhamos nos perdido de vista. Ele jurou por todos os santos do paraíso que Mesquita e seus amigos eram confiáveis, mas eu continuo meio cabreiro. Não engulo a cara deles. Aceitei empregá-los por duas razões: primeiro porque meu maninho botava a mão no fogo por eles; segundo porque não tínhamos mais ninguém para vigiar a mão de obra. A lei da oferta e da procura, como diria Orlando.

Me aproximo de Mesquita e lhe faço sinal para me acompanhar até o lado de fora. Não dá para se escutar lá dentro. Ele enxuga a testa com o braço e me segue sem entusiasmo.

Não tenho muito contato com ele. Deixo isso para Tiago que está sempre com eles.

Só que Tiago não está ali.

Ele está em Quipapá, explica Mesquita. Teve que sair ontem atrás de arroz e água. Estão quase sem comida, os peões começam a desfalecer.

Eu já lhe disse mais de cem vezes para se abastecer em Caruaru, porra. Não podemos ser pegos agora.

Ele acha que sai mais caro.

Talvez, mas não vamos foder com tudo só pra economizar uns trocados na ração desses matutos. Aliás, como estão se comportando?

Mesquita cospe no chão.

Nenhum problema desde que nos livramos do Piauí. Era ele que os atiçava. Acho que eles entenderam. Tudo calmo. Exceto quanto à comida, mas isso vai se ajeitar assim que Tiago trouxer os mantimentos.

Quantos são?

Mesquita conta nos dedos. O que lhe toma um tempo enorme.

Vinte e dois.

Acha que precisamos de mais, Mesquita? Acha que poderia acelerar as coisas?

Sei não. Talvez seja melhor pegar leve. Podemos nos dar mal. Os macacos de Pindoba devem estar começando a se perguntar, não?

Negativo, Mesquita. Os peões que saem para trabalhar em lugares distantes costumam ficar fora por anos. E os que não saem estão se lixando pro seu paradeiro. Notícia ruim é que chega logo. Esperam apenas vê-los voltar um dia com os bolsos um pouco mais cheios. Se os PMs fossem investigar cada desaparecimento, não fariam outra coisa. Pode dormir tranquilo.

Ele não parece muito convencido, mas estou pouco me fodendo para suas preocupações. Só sei que está na hora de acelerar essa porra. Cento e cinquenta gramas em quatro meses é uma ninharia. Ainda mais levando em conta o tanto que consumimos de mercúrio. Vou para a beira do fosso com as mãos no bolso. Por conta dos problemas na usina faz dois meses que não piso aqui.

A coisa fervilha lá no fundo. Seis ou sete peões rodam como moscas em volta da escavadeira. Na entrada do desfiladeiro, um pequeno grupo golpeia sem vontade a pedra que chega na esteira, parece que têm clara em neve nos bíceps. Os outros enchem os sacos e sobem pela rampa sob o olhar de Chulé, que tampouco mexe uma palha para exortá-los.

E nem é o sol o problema: acho que as nuvens de Quipapá me seguiram até aqui. O céu do sertão, nesse fim de tarde, parece melaço.

Vai escurecer. Se tivéssemos mais homens e um sistema de iluminação, poderíamos trabalhar a noite também. Mas por enquanto já temos dificuldade demais em arcar com os custos. Pensarei nisso de novo quando chegarmos ao coração do filão.

Não pode demorar.

A mina do Alemão era de longe a mais rentável da região. Faz tempo – um século e meio. Acreditaram na época que a jazida estava esgotada. O alemão voltou com o cu cheio de grana pra Alemanha, todo mundo deu o fora e o lugar caiu no esquecimento. Minha ama contou essa história quando eu era pequeno: seu tataravô participou da corrida ao ouro.

Em agosto do ano passado, Tiago me disse que essa mina ficava nas terras que papai lhe deu. A seca tinha acabado de arrasar com três quartos de suas cabeças de gado e meu mano tava pra desistir de trabalhar ali. Mas eu logo farejei a oportunidade. Lembrei da predição de Rosa. Ela repetia isso havia anos, para mim e para o Tiago. Que nosso futuro seria banhado de ouro se permanecêssemos unidos. Era o que diziam seus búzios. Até então eu não tinha entendido muito bem o que aquilo significava, embora Rosa nunca tenha sido do tipo que lança palavras à toa. Todo mundo sabe disso em Quipapá.

No dia em que Tiago me falou da velha mina do Alemão, tive a iluminação. Mandei vir um geólogo de São Paulo para analisar o terreno. Chamava-se Torchmann – uma sumidade de origem suíça. Pernambuco é uma aldeia onde todos acabam sabendo de tudo, por isso é que fui buscá-lo tão longe. Tínhamos que evitar a todo custo chamar atenção. Bastaria um rumor para que hordas de famintos invadissem as terras de Tiago aos primeiros sinais de seca. As conclusões de Torchmann foram categóricas. Ouro tinha.

Só que era preciso cavar.

E muito.

Chulé assobia. Os peões não se fazem de rogados para desligar a escavadeira. Um pouco de silêncio, ô coisa boa. Num piscar de olhos, ei-los que soltam suas marretas e sobem a rampa em fila indiana. Como todo fim de tarde, Chulé os alinha para a revista contra a parede do hangar nº 3, de longe o maior. É lá que os guardamos. Não têm do que se queixar. Dentro, é iluminado a gás. Cada um tem seu catre para dormir. Comem o suficiente – exceto talvez nesses últimos dias, mas isso vai se ajeitar assim que Tiago voltar. Temos que mantê-los em forma. Quando a mina atingir sua velocidade de cruzeiro, trataremos de colocar para eles uma torneira de água ligada à cisterna.

No geral, suas condições de vida até melhoraram. Vêm de Pindoba, um povoado perdido no fundo do Ceará, a seiscentos quilômetros daqui, que sequer existe nos mapas oficiais. Me informei cuidadosamente. Quando chegamos lá com o caminhão, Mesquita, Tiago e eu, não chovia havia dois anos. A terra tava tão rachada que nem cacto nascia mais. Tínhamos mandado fazer um monte de fichas em nome de uma sociedade de construção civil do Maranhão numa gráfica do Recife. Apresentamos ao prefeito, que não sabia ler, com algumas notas por cima, para que não fizesse perguntas. Instalamo-nos na praça do vilarejo, debaixo de um calor dos diabos. Ligamos os amplificadores e pusemos música. Pouco a pouco foi juntando gente. Vinham nos perguntar, envergonhados que só, o que queríamos. Explicamos que estávamos em busca de bons trabalhadores para construir uma barragem no Xingu. Não deu outra: em menos de quatro horas já tínhamos recrutado vinte e cinco matutos preparados para a aventura amazônica com suas trouxas no ombro. Decidimos escolher de preferência os analfabetos. O que foi bastante fácil: quase todos eram. Tranquilizamos suas famílias com contratos pseudo-oficiais e carimbos. E numa nuvem de poeira trouxemos nossa mão de obra depois das despedidas de costume. Todo o vilarejo se reuniu na praça. Até o prefeito parecia comovido. A operação levou menos de um dia.

Ao chegar aqui, anunciamos que havia uma pequena alteração no programa. No fundo, não mudava muita coisa e eles acabaram se conformando.

Depois da revista, Chulé os tranca no hangar e coloca uma barra de ferro para reforçar o fechamento das portas. Sombra logo lhes trará a refeição da noite. Um saco de dez quilos de biscoito e dois galões de água: temos que racionar. Vai melhorar amanhã, se Tiago voltar. Tive a ideia de fazer uma portinhola trancada por fora para passar a comida sem riscos. É melhor não se aventurar lá dentro quando estão todos juntos. Não se enxerga direito e eles estão em vantagem numérica.

Não é necessário prendê-los durante o dia. Bem no comecinho, dois deles tentaram fugir na pausa do almoço. Dada a topografia da região, não era algo muito esperto a se fazer: de um lado a falésia, do outro vários quilômetros de um terreno completamente plano, salpicado de vegetação rasteira, até a próxima falésia. Nenhuma aldeia num raio de cinquenta quilômetros. Chulé os acertou com sua carabina, um depois do outro, sem nem se apressar. Isso bastou para arrefecer os ardores de seus camaradas.

A noite cai. Entro para jantar com os homens no hangar nº 1 – nosso QG. Há três beliches num canto da sala. Depois de um arroz com feijão mal cozido, convidam-me para jogar cartas. Mas prefiro ir fumar um baseado lá fora, sozinho. A lua vai penar para varar essa noite. Penso em Tiago. Que necessidade tinha de se abastecer em Quipapá? Não consigo entender. Tento recordar sua atitude em nossa última noitada juntos, mas o fumo tem tendência a embrulhar minhas ideias. Uma imagem absurda invade minha mente.

Rosa.

Rosa e ele na minha cama. Ele esparramado sobre minha Rosa, banhada em suor, Rosa aberta, os rins arqueados, a respiração ofegante. Tiago lhe dizendo sacanagens no ouvido, e ela gemendo ainda mais, se esticando como uma cadela, jogando a cabeça para trás...

Jogo o baseado no chão e o esmago com a bota. Paranoia da porra. O mundo pode estar podre, mas Rosa não. Sei que ela nunca me trairá, o que quer que aconteça. Sempre o soube. Tiago é como um irmão, ela sempre me disse. Uma mãe de santo não tem o direito de mentir. Seus orixás a puniriam.

O menino brinca de deformar o chapéu.

Cruz implora a suas pernas que continuem a carregá-lo. Consegue se arrastar até o balcão aberto para a calçada de uma venda cinquenta metros acima. A televisão ligada ali dentro derrama na rua uma litania de exclamações históricas. Cruz se debruça sobre o balcão e vê um velho adormecido no chão de terra batida em posição fetal entre duas pilhas de latas de conserva. A tela mostra duas equipes de futebol de camisetas coloridas disputando incansavelmente a bola.

Cruz bate palmas para acordar o velho. Pede uma cerveja e paga na hora.

Acaba de esvaziar seu segundo copo e se sente um pouco mais calmo quando Rosa Ialorixá se levanta da mureta de tijolo. O loiro a segura. Ela tenta lhe dar um tapa. Ele bloqueia seu braço depois solta. Ela pega seu filho pela mão e o arrasta morro acima. O loiro recolhe seu chapéu e hesita. Cospe no chão e fica parado seguindo-a com os olhos. Enfia as mãos no fundo dos bolsos e começa a descer de cabeça baixa em direção ao centro de Quipapá.

Cruz mordisca o lábio inferior. A coisa se complica. Tem que escolher logo. Ir à delegacia de Quipapá dizer que acaba de ver o assassino do sindicalista? O loiro terá mil vezes o tempo de escapar enquanto isso. É mais provável que ele próprio acabe dentro das grades.

Quanto mais o loiro se afasta mais Rosa Ialorixá se aproxima. É agora ou nunca.

Cruz se vira no momento em que ela passa atrás dele e seu perfume o roça. Está de queixo erguido, olhando para frente. Não lhe dá mais atenção do que anteriormente. Cruz admira mais uma vez sua silhueta e começa a descer a rua. A noite está caindo. O loiro acaba de desaparecer no pé do morro. Cruz apressa o passo e finalmente o avista de novo debaixo de uma ponte ferroviária. O loiro entra numa rua tranquila de casas luxuosas quase no centro da cidade. Para cem metros adiante do lado de uma picape Chevrolet. Pega um molho de chaves no bolso. Abre a porta da picape.

Cruz começa a correr cuidando para ficar em seu ângulo morto. O loiro entra no carro. Tarde demais para pensar. O motor ruge. Cruz pisa no estribo traseiro e mergulha debaixo da lona.

Está no escuro e explora às apalpadelas a traseira da picape. Seus dedos topam com caixas de madeira. Há também sacos de tecido grosso e ferramentas diversas. Pás. Picaretas. Latões. A picape sacoleja. Ele se encolhe num canto e aguarda. Espera que o loiro o leve até sua casa. Descerá pouco antes de a picape parar e tratará de pegar o máximo de referências possível. Voltará para o hotel e telefonará. Lamenza fará o resto.

O loiro anda rápido demais. Pula as marchas até chegar na quinta e acelera em linha reta numa estrada esburacada. Cruz fica sem chão a cada buraco. Transcorrem vários minutos antes que consiga rastejar até a borda e levantar um cantinho da lona. Faz noite escura. As luzes de Quipapá vão se apequenando na distância.

Cometeu um grave erro. O loiro não mora em Quipapá. Para onde o levará? Chega a pensar em pular com a picape em movimento mas estão pelo menos a oitenta por hora. Melhor esperar que a velocidade diminua.

O loiro não desacelera. Depois de três horas rodando no asfalto entra numa estrada de terra. A paisagem mudou. Os morros arredondados de Quipapá deram lugar a um relevo áspero e hostil sob a claridade pálida da lua crescente. A picape corta a poeira como se fosse perseguida por uma matilha invisível. No entanto Cruz não viu um sinal de farol desde que deixaram o asfalto. Nenhum sinal de vida também. Saltar em movimento não lhe traria nada de bom nesse deserto. Seria suicídio. Cruz compreende que terá que seguir o loiro até o fim e vai se acomodar entre as caixas.

É quase meia-noite em seu relógio quando a picape diminui a marcha no fundo de um vale perdido. Faz cinco horas que estão rodando. A terra está estranhamente úmida: parece ter acabado de receber uma forte chuva. Cruz tem tempo de entrever uma cisterna erguida sobre quatro pilares metálicos e não longe dali três hangares escuros alinhados ao pé de uma falésia. A picape para na frente do menor dos três. Dois retângulos de luz se recortam na fachada. O lugar parece um campo militar. O loiro desliga o motor e puxa o freio de mão. Cruz se encolhe no fundo do bagageiro. A porta do motorista se abre e depois bate.

Várias vozes masculinas amortecidas pela lona se elevam e se aproximam. Cruz escuta passos.

Uma mão esbranquiçada se enfia por baixo da lona e a ergue um pouco. Um homem sem camisa aparece no triângulo de claridade. Cruz se segura para não gritar.

O homem vira a cabeça para trás e diz:

Espero que tenha trazido pinga, Tiago. Estamos a seco.

Cruz acaba de reconhecer a voz do segundo matador da Rua da Aurora.

Choveu o dia inteiro,

E nada do Tiago. Devia ter voltado ontem, estourando o prazo. O que estará fazendo? Onde anda? O Mesquita tá puto, seus amigos também. E pra completar, essas trombas-d'água. A pedreira enlameada. A rampa impraticável. A escavadeira muda. Os peões dentro do hangar desde a manhã. E nem mais uma gota de cachaça. Algo inédito nessa região onde as nuvens voam tão alto que sua água evapora antes de tocar a terra. O rádio de Mesquita arenga que o sertão vai reviver. Do Maranhão a Vitória da Conquista está chovendo sem parar desde a noite passada. Coisa nunca vista nos últimos vinte anos. Haverá carne e mandacarus.

Isso nos ajeita muito as coisas.

O enguiço continua me perseguindo. A usina, Policarpo, o Gordo, a imprensa que me acusa, a greve, Orlando. Orlando. Que porra ele veio fazer em Quipapá? E Tiago que desaparece e esse dilúvio no sertão. Não temos mais nada para beber, fumei toda minha maconha e nossas provisões de arroz estão acabando. Zero grama de ouro hoje. Não disse um: zero. Causando escândalo ou não, se Tiago não chegar logo, volto para Quipapá. Vou buscá-lo nem que seja na casa de sua mãe.

O céu acaba por se acalmar no crepúsculo. Já era hora.

No fim da noite, quando estou jogando carta com os outros no hangar, um ronco de motor rompe o silêncio. Sombra depõe seu jogo e diz:

É o Tiago. Conheço esse barulho.

Todos levantamos e saímos uns atrás dos outros. Sombra à escuta: é mesmo a picape do Tiago. Vejo-o descer do carro e avançar para nós tirando seu chapéu preto.

Pensei que tinha me perdido, rapaziada. Tenho que arrumar os faróis dessa porcaria.

Tiago não está à vontade, dá pra sentir. Seus olhos me evitam cuidadosamente. Tem alguma coisa errada.

Podem descarregar, ele diz. Tudo de primeira.

Continuo olhando para ele.

Está chegando de Quipapá, Tiago?

Ele se decide a virar a cabeça para mim. Vejo a tempestade em seus olhos claros.

Sim. Porra, Kel, devia ter me avisado. Teria voltado antes.

Tiago é incapaz de me esconder o que quer que seja por mais de dez segundos. Dou uma olhada para Sombra e Chulé que rodam como cachorros em volta do Chevrolet. Mesquita se aproxima da traseira. Levanta a lona e pisca os olhos dizendo:

Espero que tenha trazido pinga, Tiago. Estamos a seco.

Sim. Pus no banco da frente.

Esse esponja do Mesquita não pergunta duas vezes. Vai para a frente da picape, abre a porta do carona e tira um engradado de doze garrafas de Pitu.

Tô com aquela sede, exclama. Que tal tomar um copo? Depois a gente descarrega.

A sugestão de Mesquita é aceita por unanimidade. Tem uma porrada de borrachudos esta noite. Parece que vinte e quatro horas de chuva bastaram para eclodir milhões de ovos. Meus braços estão crivados de pontinhos sangrentos. Sigo o movimento geral até o hangar nº 1 e aproveito para dar uma olhada de relance nas costas de Tiago. Sua camisa marrom não forma nenhum volume: deve ter esquecido seu 38 na picape depois de tê-lo tirado para dirigir. Mais um sinal de que algo está errado com ele. Instalamo-nos à mesa de madeira branca, sob um lampião a gás. Mesquita distribui os canecos e nos serve a rodada. A primeira dose é tomada de um gole.

Com o rabo do olho, continuo a estudar Tiago. Ele se apercebe, o que o deixa ainda mais sem jeito. Nunca o vi nesse estado. Ele não é falador por natureza, mas seu silêncio nunca foi tão pesado. Meus neurônios entram em ebulição. Estou cada vez mais persuadido de que ele me esconde alguma coisa séria. De todas as hipóteses que me vêm à mente, nenhuma é agradável. Acabo empurrando meu banco depois da segunda dose. As cabeças se erguem.

Vem cá um minuto, Tiago. Preciso falar contigo.

Ele se levanta. Abro a porta do hangar e ele me segue para fora, arrastando os pés. Alguns passos furtivos se fazem ouvir do lado da picape, depois volta o silêncio. Talvez uma onça atraída pelo cheiro do jabá. Depois de vasculhar as trevas sem ver nada de estranho volto-me para o meu mano.

Eu bem que fumaria um. Cê tem maconha?

Tiago faz que sim e põe a mão no bolso de sua camisa. Tira um baseadão todo torto e me estende sem dizer palavra. Acendo e dou uma tragada levantando a cabeça para o céu. É bom voltar a ver a lua. Quando lhe passo o baseado ele faz sinal de que não quer.

O silêncio volta. Ele não parece ter pressa de tomar a palavra.

Tô escutando, Tiago.

Hein?

Tô escutando.

Ele me lança um olhar apavorado. Esse pobre Tiago nunca soube mentir.

Porra, Kel! O que quer que te diga? Não tô entendendo qual é a tua.

O que tá havendo, cara?

Ele faz um esforço enorme para sustentar meu olhar, mas o resultado não é muito bom. Suas grandes bolas azuis rolam em todas as direções e ei-lo que sai com esta:

É minha ausência, é isso? Escuta aqui, irmão, faz meses que labuto nessa merda de mina feito um doido. Não tinha como saber que viria, porra, não estava previsto. Então disse pra mim mesmo que um dia a mais um dia a menos... Estava exausto, precisava descontrair. Fui me abastecer em Quipapá e... passei a noite na casa de um camarada em Tamandaré, ele tem uma cabana na praia. Tinha que ver a irmã dele. Maior gostosa.

Esboça um sorriso, mas não cola.

Já te disse várias vezes para não ir se abastecer em Quipapá, Tiago. É muito perigoso. Quero que vá a Caruaru.

Eu sei, eu sei. Mas estava no meu trajeto e o Bigode me deu trinta por cento. Pensei que...

Pois pensou errado.

Ok, ok. Não devia. Foi cagada minha. Desculpa.

Uma luzinha de alívio passa por seus olhos. Ele pega o baseado dos meus dedos e traga olhando para suas botas. Acha que escapou, mas continuo olhando para ele. E não falha: vejo sua cara se fechar e sua tensão voltar a subir a toda. Agora tenho certeza. Aconteceu alguma coisa.

Realmente não quer me dizer a verdade, Tiago?

Ele dá um passo pra trás, sacode a cabeça e cai na gargalhada.

Porra, Kel, deixa de ser cabeçudo. Acabei de te explicar.

De me explicar o quê?

Ora, que eu sinto muito por ter tirado um dia de férias sem te avisar. Ninguém ia saber de nada se você tivesse ficado na fazenda. Não tem nada demais, porra.

Ele continua gargalhando, mas seu riso soa cada vez mais oco.

Vou te ajudar, Tiago. Cê comeu a Rosa, foi isso?

Ele arregala os olhos.

Ei, cê pirou foi? Que delírio é esse?

Francamente, não posso te culpar. Rosa é mais do que uma gata, é uma tigresa.

Está completamente enganado, velho.

Por acaso acha que eu não sei que cê tá caidinho por ela?

Tiago sacode a cabeça e entreabre os lábios, mas as palavras não saem. Não é de surpreender. Sei do que estou falando.

Diga na minha cara que vocês não se viram em Quipapá. Diga e eu vou acreditar. Vamos.

Ele não consegue sustentar meu olhar. Pisca os olhos. Eu espero. Ele acaba cedendo.

Tá bom, cara. A gente se viu, mas não tem nada a ver com o que está pensando. Cruzei-a na rua por acaso quando estava saindo do Bigode e a ajudei a levar o pequeno lá pra cima. Só isso, porra. Juro pela alma de minha mãe que não cheguei nem até a porta da casa dela.

Sinto uma coceira na base das costas.

Pare de me olhar desse jeito, ele gagueja, enfiando as mãos nos bolsos. Estou de saco cheio das suas suspeitas, caralho. Está começando a me irritar. Estou dizendo que é verdade! Se continuar assim, vou deixar pra lá, porra.

Ele é quase cômico com sua atitude indignada. O comichão passa. Quase tenho vontade de rir.

Deixar pra lá o quê, Tiago?

Toda essa merda, ele exclama, estendendo o braço para o fosso. Nunca vai dar certo.

O quê, a mina?

Ele faz que sim com a cabeça. Cruzo os braços. Ele baixa os olhos.

Não temos a mínima chance, Kel. Seria melhor parar.

Cê tá doido? Quando estamos chegando no gol, você...

Ele me interrompe com um riso imenso.

Chegando no gol? Fala sério, é o que acaba de dizer? É a melhor do ano. Porra, Kel, não tá vendo que... a gente tá numa roubada do caralho. Abre os olhos. Vinte e cinco homens trabalhando, cento e cinquenta gramas em quatro meses. Não dá nem pra comprar um fusca velho.

É normal, digo. Tava previsto. Sempre soubemos que teríamos que cavar fundo.

Não tem ouro aí dentro, Kel. Só um pouco de poeira. Não vale nem um quinto dos esforços que já fizemos.

Pare de falar merda. Tá esquecendo do geólogo. Escutou o que ele disse. Cê tava lá quando ele...

Tiago levanta o queixo e mira em mim seus olhos zebrados de clarões.

É você que tá esquecendo. Esquecendo que praticamente o obrigou a vir. Esquecendo que vendou os olhos dele durante o trajeto. Aquele cara tava se cagando todo, Kel. Se você visse a sua própria cara na hora em que ele voltou em tua direção para dizer suas conclusões. Tava mais do que dito que cê ia matar ele se dissesse que essa porra de túnel não valia nada. Tava escrito na tua cara. Até eu fiquei com medo. Ele só queria uma coisa, o Torchmann: contar qualquer história para te agradar e dar o fora o quanto antes. Teria te prometido montanhas de esmeraldas se fosse o que cê quisesse escutar.

Decido me manter firme.

E o ouro que encontramos? O que me diz?

Grandes cuecas. Tem noção dos meios que mobilizamos para tirar essas cento e cinquenta gramas de merda? Do dinheiro que gastamos? Dos puta riscos que corremos? E ainda acha que vale a pena? Cê tá pinel, não tem dúvida!

Não suporto que me falem nesse tom. Dou um passo adiante.

Que riscos, Tiago?

Ele aponta o queixo para o hangar nº 3.

E isso? Não são riscos, por acaso?

Sigo seu olhar e sorrio.

Não estou vendo nada, Tiago.

Os peões, ele diz com voz estremecida. Sabe como isso se chama, Kel? Escravidão. Se alguém descobre, pegamos pelo menos dez anos.

Oh, as grandes palavras, digo. Te acalma. Ninguém vai nos pegar.

Ele passa a mão nos cabelos amarelos.

Cê tá é louco, Kelbian.

Pego-o pela gola. Os tendões de seu pescoço rolam sob meus dedos.

Nunca mais diga isso, Tiago. Vou repetir uma última vez, pra ver se entra: ninguém vai nos pegar.

Tá bom, tá bom. Mas olha um pouco pro que está acontecendo. A imprensa do Recife só fala dos Carvalho. Tem até um jornal que te acusa do assassinato do Policarpo. Não é hora de piorar as coisas. É por isso que eu precisava espairecer, Kel, para ver mais claro. Mais vale deixar essa mina pra lá, pelo menos por algum tempo. Pensei em te falar disso em Quipapá. Mas quando Rosa me disse que cê tava aqui, peguei a picape e vim correndo pra cá. A coisa tá começando a feder, Kel.

O comichão volta, mas se deslocou para minha nuca. Solto Tiago e dou um passo para trás sem tirar os olhos dele. Ele para de espernear e arruma a gola de sua camisa, um pouco abalado. Digo:

Rosa não sabe que estou aqui. Saí sem dizer nada para ninguém. Ela acha que estou na fazenda.

Sua expressão se liquefaz. Nocaute. Também fico meio obnubilado, como se enfiassem uma tocha no meio da minha cara. Não vejo mais nada, não escuto nada por alguns segundos.

Acabo voltando a mim.

Todo mundo acha que estou na fazenda, Tiago. Fora o velho e Orlando.

Não é possível, gagueja Tiago. Deve estar enganado, já que eu...

Ontem ou hoje ele viu ou meu pai ou Orlando. Ou os dois. Para quê? E por que eles o teriam informado de minha partida? Só vejo uma razão possível.

A pior que podia existir.

Cê foi falar com eles, digo. Cê falou para eles da mina. Você me traiu. Por quê?

Ele balança a cabeça.

Fala, Tiago.

Eu... não é nada disso. Eles só me disseram pra ir à fazenda pra... pra me pagar.

Que história é essa? Pagar o quê?

Ele tem cada vez mais dificuldade de falar. Para ajudá-lo, saco minha Taurus e aponto para sua testa. Isso solta a língua dele.

Um assassinato que cometi para eles.

Deixo o berro recair ao lado da minha coxa.

Que assassinato foi esse?

Ele permanece mudo como uma pedra.

Agora faz servicinhos pro velho, Tiago. Apaga gente pra ele?

Ele faz que sim com a cabeça.

Desde quando? Por que nunca me disse?

Pai não queria.

A raiva me aperta tanto a garganta que tenho dificuldade de falar.

Agora o chama de pai? Parece que andam muito amiguinhos, é isso, Tiago?

Foi... foi ele que veio me procurar, te juro.

Pois bem. E você não falou pra ele da mina?

Ah, isso não! Pode confiar em mim, maninho.

Esse bosta fede a mentira. A raiva me submerge.

Então quem te pôs essas ideias de merda na cabeça? Responde rápido, Tiago. Rápido!

Ele não consegue. Pior pra ele. Sacode a cabeça como um cretino vendo meu cano voltar a subir.

Adeus, Tiago: descarrego meu tambor na sua barriga. Os seis tiros repercutem interminavelmente na noite. Ele escancara a boca, cai de joelhos e se estatela aos meus pés sem sequer conseguir gritar, com os braços em cruz. Se retorce silenciosamente no chão. Em contrapartida, no hangar nº 3 os peões começam instantaneamente a gritar em coro. Mesquita, Chulé e Sombra surgem do hangar nº 1 com as armas em riste. Freiam com tudo ao me ver com a Taurus na mão.

Seus olhares me abandonam de repente e se dirigem para trás de mim, onde está a picape. Ouço alguém correndo às minhas costas. Dou meia-volta e vejo um cara correndo para o nº 3, a cerca de vinte metros. Um barbudo. De onde saiu esse aí? A verdade cai em cima de mim como um porrete. Tiago não voltou sozinho. Ele queria acabar comigo. Me atrair para fora e deixar seu cúmplice atirar em minhas costas. Não. Não encaixa. Fui eu que pedi pra ele sair. E o barbudo não tentou nada enquanto brigávamos. Não compreendo mais porra nenhuma.

Uma coisa é certa, esse cara tava escondido atrás da picape quando terminei com Tiago. Ele nos escutou. Sabe demais. Muito, muito demais da conta. Aponto minha Taurus para sua silhueta que corre em zigue-zague.

Clic.

Meu tambor está vazio. Viro-me para os outros e grito:

Acabem com ele. Foi Tiago que o trouxe. Esse merda nos traiu.

O barbudo desaparece na sombra do hangar, mas os três pistoleiros parecem ter criado raízes. Como se as contorções de meu irmão no chão os fascinassem. Como se nunca tivessem visto um filho da puta morrer.

O que estão esperando, caralho?

Te vira, exclama Mesquita. Você matou meu amigo. Vamos, rapazes, vamo embora daqui.

Não posso fazer nada sem munição. Em silêncio, Mesquita e Sombra vão buscar suas coisas, enquanto Chulé aponta sua carabina pra mim. Assim que se reúnem de novo, afastam-se, sempre olhando para mim, em direção a seu Escort podre. Mesquita pega o volante. Chulé senta no banco do carona e Sombra atrás. Os faróis acendem, o motor tosse e eles vão embora. Tiago quase não se mexe mais.

Sozinho. Sozinho com o barbudo e os peões que se esgoelam de tanto gritar. Preciso pôr a mão nele. Preciso apagá-lo. As palavras de Tiago ressoam a todo volume na minha cabeça. Esse bastardo apagou alguém para o velho recentemente. Policarpo! É isso. Tá na cara. Foi ele que matou Policarpo. E me apunhalou pelas costas falando da mina para meu pai. Foi tudo pro pau agora. Por que ele fez isso comigo?

Avanço alguns passos na penumbra e fico à escuta. Mas o barulho é tão grande dentro do nº 3 que não dá pra ouvir nada. Devem estar se perguntando o que está havendo. Há gritos, soluços, pedidos de socorro. Alguns talvez pensem que a cavalaria chegou, que vão libertá-los. Não adianta mandar calarem a boca, isso só faria excitá-los ainda mais. Tenho que pegar o barbudo. Corro até o jipe para buscar cartuchos. Recarrego minha Taurus com as mãos tremendo.

Meu coração bate muito rápido e muito forte. Tenho que me acalmar. Que pensar. O barbudo não teria fugido como um coelho se estivesse armado. Teria esperado atrás da picape uma boa oportunidade de acabar comigo. Que porra tava fazendo ali? Deve ter entrado em pânico quando os companheiros do Tiago saíram do nº 1. Talvez estivesse visível da porta. Desapareceu no canto do nº 3. Talvez continue escondido ali atrás. Ou já tenha se metido na caatinga.

A lua está crescente e há milhões de estrelas. A falésia se ergue vertical à minha frente. Conheço o lugar, não tem saída para aquele lado. O barbudo não irá longe.

Posso contornar o hangar pela esquerda ou pela direita. Escolho a direita: foi desse lado que ele desapareceu. Na ponta dos pés, aproximo-me do canto, contorno-o, adentro a sombra da falésia e percorro a parede de lata até o outro lado, na direção dos outros hangares. A parede rochosa está ali a poucos metros e não tem nenhuma reentrância. Nenhum esconderijo potencial desse lado. Chegando do lado oposto do hangar, arrisco uma olhada para estudar o terreno. Ninguém, nem um barulho além do zum-zum-zum que continua no interior das paredes. Os peões vão se acalmando aos poucos.

Ou o barbudo aproveitou que eu estava dando a volta no nº 3 e foi se proteger atrás dos carros, ou ele desceu no fosso, ou está escondido no flanco de um dos hangares que estão agora à minha frente. Tudo depende do que veio fazer aqui. Forço-me a pensar, mas não adianta. Por mais que revire o problema por todos os lados não entendo por que Tiago trouxe esse cara visivelmente desarmado.

Um tilintar opaco escapa do nº 1. O barbudo acaba de derrubar alguma coisa. Pronto, agora eu te pego. Venço sem barulho os quinze metros que me separam do hangar e me encosto à parede, com a arma erguida, a alguns centímetros de uma das janelas. Ela abre para dentro, tanto melhor. Armo o cão e respiro fundo. A cobra vai fumar. Meus dedos estão crispados na coronha. Espero três segundos. Não há mais um som. Até os peões retêm a respiração.

Enfio uma cotovelada na janela.

Varro a área com o trezoitão, de braços esticados. Na linha do cano, vejo uma ratazana saltar às pressas da mesa onde bebemos ainda há pouco. Devia estar numa boa lambendo cachaça: uma das canequinhas está derrubada. Só isso. Continuo meu giro panorâmico. Os beliches. O armário metálico. O garrafão de água potável, a bacia. Tudo em ordem. No momento em que abaixo a Taurus ouço um barulho de porta de carro. A ficha cai.

Viro-me e corro. O motor ruge. Não fiz nem dez metros e meu jipe parte num feixe de poeira.

Atiro, atiro, atiro.

Minhas balas perfuram a carroceria uma após a outra. O jipe ziguezagueia, acelera, desacelera, pinoteia como um cavalo doido. Fico achando que furei um pneu, mas o desgraçado sai andando ainda mais rápido. Tento atirar de novo, mas não tenho mais balas. Clic, clic, clic. Os clamores voltaram a crescer no nº 3. Louco de raiva, jogo meu berro na parede de lata. Isso só os acalma enquanto dura o eco.

O barbudo conseguiu fugir. É inacreditável. Não entendo nada. O que ele queria? Rápido, estou perdendo tempo. Os faróis traseiros do jipe vão diminuindo. Junto a Taurus e corro para a picape de Tiago. Entro. Puta merda. A chave não está no contato. Dou um soco no volante, apalpo o banco, fico de quatro, procuro no chão do carro.

Nada da chave.

Desço de novo. Corro até Tiago, fico de joelhos ao seu lado. Sinto seu chaveiro no bolso dianteiro direito de suas calças. Levanto a cabeça. Os pontos vermelhos desapareceram no fundo do vale.

Acabou. Tiago continua com a boca aberta. Minha garganta dá nó. Sacudo-o sabendo que não despertará. Viro-o como uma panqueca, sacudo-o para que me explique. Só ele pode me explicar. Com seus olhos arregalados, ele banca aquele que não volta. Está bem longe de voltar. Rasgo sua camisa e colo o ouvido em seu coração. Não está sangrando nessa região, foi o abdômen que levou todo o chumbo. O que não muda grande coisa. Por causa do zumbido de minhas têmporas levo algum tempo até me dar conta de que ele não baterá mais.

Minha visão se embaça. Toco com a ponta dos dedos a gosma escarlate que lhe sai da barriga, tenho vontade de vomitar mas consigo me levantar. Lá no alto, a lua ri para mim como uma hiena.

Passo em revista os hangares, o fosso, a cisterna. Meu sonho acaba de virar fumaça. Tiago fez isso comigo. Por quê?

Por quê? Abaixo os olhos para ele – que me fixa como um idiota. Como se fizesse para si próprio a mesma pergunta que eu. Cuspo em sua cara.

Melhor não demorar. Duas ou três vozes continuam pedindo ajuda. Ergo seu cadáver e o coloco atrás da picape. Depois de voltar uma última vez ao hangar nº 1 para pegar minhas coisas e tudo que pudesse me comprometer, entro no carro e parto sem olhar para trás.

Termino de enterrar Tiago no morro aos primeiros resplendores da aurora. Alcanço nossas terras por uma estrada desativada que atravessa quilômetros de antigos pastos que se tornaram áridos demais. Conheço um grande açude aonde vínhamos outrora dar de beber ao gado. Paro a cinco metros sem puxar o freio de mão, desço da picape, vou para a traseira e a empurro em direção à margem escarpada. É aí que a água marrom é mais profunda, e a Chevrolet afunda gorgolejando, até desaparecer. A lona cria uma enorme bolha de ar. Espero ela estourar e vou embora a pé.

Chego à fazenda depois de ter vencido doze ou treze quilômetros pelos morros. São oito e meia. Os criados já estão na labuta mas papai e Orlando ainda dormem. Tranco-me em meu quarto.

Uma empregada vem bater na minha porta no final da manhã. Traz o café da manhã e diz que meu pai gostaria de falar comigo. Eu a mando pastar, gritando que estou gripado e que ninguém deve me perturbar sob nenhum pretexto. Gostaria de dormir, mas está além de minhas forças. O barbudo me persegue até no meu sono. O que tinha ido fazer na mina? O que vai fazer agora? Penso também no ouro que acaba de escorrer entre nossos dedos por culpa do Tiago. Ele contou tudo para o velho. O que deu na cabeça dele? Por que me traiu? Estou no meio de um pesadelo. E ainda tem o caso Policarpo. O velho pediu para ele o matar. Por que não me disse nada? Poderia ter cuidado disso. Papai devia saber que pode confiar em mim.

No dia seguinte, um médico vem me examinar. Não o conheço: deve vir do Recife. Não pedi nada mas não tenho força de dizer não. Ele toma meu pulso, mede a pressão, a temperatura. O mecanismo está meio quente, segundo ele, mas não tenho nada de sério. Me faz engolir duas cápsulas verdes e brancas, fecha sua maleta com um sorrisinho satisfeito e sai sem barulho com seus sapatos brancos.

Fico mais vinte e quatro horas sem ver ninguém, sem falar com ninguém, sem tentar saber o que está acontecendo do outro lado da porta de acaju de meu quarto. A empregada acaba voltando, toda constrangida, para anunciar que o velho exige me ver imediatamente. E que ele virá ao meu quarto se eu não descer.

Visto-me, com as pernas fracas. Chegou a hora da mijada fatal. Ele está na estufa, regando um tufo de erva-de-passarinho. Faz um frio da porra. Meu olhar perscruta o ambiente, Orlando parece não estar ali. Já é alguma coisa.

Aproximo-me lentamente. Sem olhar para mim, o velho procura o botão de seu amplificador. Daria minha mão direita para que ele não ligasse. Isso acontecia de vez em quando com o antigo, mas esse agora é do último modelo. Papai está vestido de preto. Isso o deixa ainda mais pálido que de costume e seus olhos estão meio inchados atrás dos óculos. Parece ter chorado. O que não ajuda muito a me tranquilizar.

A luzinha vermelha acende.

Tire as mãos do bolso, diz ele, largando seu regador.

Obedeço. Mal consigo ficar de pé. Vai ser minha festa.

Disse para você não sair da fazenda, Kelbian.

Falso. Não foi ele que disse, foi Orlando. E Orlando não manda em mim.

Não, pai, não é...

Deixe-me falar. Você se comportou como o pior dos imbecis. E matou Tiago.

Ele se interrompe para tomar fôlego. Um arrepio percorre minha espinha. Eles já sabem do Tiago. Portanto, também da mina, forçosamente. Como? O barbudo deve ter falado. Para quem ele trabalha? Tiago? A polícia? Sônia Crente e o Gordo?

Papai retoma a palavra.

A situação já era espinhosa e agora, para piorar, Sônia Crente quer meu couro. Ela saiu da toca e está fazendo um escarcéu dos diabos. Evidentemente, é a mim que acusa da morte de seu filho. Essa velha maluca está muito contente por poder me sabotar.

Ele me encara com tamanha intensidade que sou obrigado a baixar os olhos.

A situação está insustentável, ele acrescenta. Está na primeira página de todos os jornais do Brasil, Kelbian. Sem falar dos correspondentes estrangeiros que chegam ao Recife como moscas. Até arranjaram um apelido para você. Quer saber qual? O Negreiro de Quipapá. O que acha? Diogo já veio aqui três vezes. Ontem, ele me advertiu de que o comando militar do Recife está disposto a atacar a fazenda se você não se entregar.

Temos como nos defender. Vamos reunir todos os homens e...

Ele me dá um tapa. Forte.

Cala a boca, cretino. Abre os olhos.

Baixo a cabeça novamente.

Foi o Tiago, pai. Ele fodeu com tudo.

Não. Não foi o Tiago. Foi você. Por sua causa, a imprensa só fala dos escravos dos Carvalho. Eles estão se deleitando, juntando todas as peças. O clima em nossas plantações, Policarpo, o perdão da dívida, essa história de mina de ouro. O que te deu na cabeça, Kelbian?

Não eram escravos! Apenas peões que trouxe para explorar a mina, e...

Você os pagava?

Juro que não lhes faltava nada, pai. Tinham o que comer e o que beber. Teriam voltado para suas casas levando pepitas.

Tinham liberdade de ir e vir?

Não podíamos nos permitir isso. Eles teriam espalhado a notícia. Mobilizado a metade de Pernambuco.

O velho sacode a cabeça, volta a pegar seu regador e se afasta alguns passos para se debruçar sobre outra flor. Fico pregado no mesmo lugar.

Você não os pagava. Você os trancava. E diz que não é escravidão? Você perdeu a cabeça, Kelbian. Em Brasília, já estão preparando a comemoração do centenário da Abolição: 1888. A princesa Isabel. Não aprendeu isso na escola? Está um século atrasado.

Não encontro nada para responder. Olho abobadamente a chuvinha fina que escapa dos furinhos do regador. As folhas se arrepiam de prazer.

Ontem, um destacamento da polícia federal foi conduzido à tua mina por um tal de Alberico Cruz. Esse nome te diz alguma coisa?

Balanço a cabeça em silêncio. Pronto, agora sei quem é o barbudo.

Encontraram vinte e dois homens trancados num hangar. Não bebiam nem comiam nada havia quarenta e oito horas. Treze foram levados direto para o hospital, cinco estão em estado crítico. Estavam todos magros como palitos, infestados de piolhos e bactérias. Acha isso normal?

Continuo mudo. Ele prossegue.

Depois do caso Policarpo, isso é um golpe duro demais para a família e para a destilaria, Kelbian. Você nos colocou numa enrascada. Ontem recebi um telefonema do senador Sampaio. Dessa vez, não pode fazer nada por nós. O Congresso deve votar o perdão de nossa dívida semana que vem. Está fora de questão para ele se meter nessa história, ainda mais que a *Folha do Recife* está com ele na mira: seu principal acionista é o herdeiro dos Mattar. Tem o apoio dos maiores bancos privados e acaba de anunciar que vai se candidatar nas próximas eleições para senador. Sampaio também está sendo visado através de nós. Mattar quer demonstrar que Sampaio é um pau mandado dos produtores de álcool.

Eu podia ir para São Paulo, digo. Para o exterior. A coisa acabará se acalmando.

Você me dá nos nervos, Kelbian. A opinião pública exige um culpado. Estamos com várias organizações humanitárias em cima de nós. No Planalto, o presidente está arrancando os cabelos. Vai receber amanhã mesmo uma delegação do FMI que estudará a possibilidade de uma renegociação da dívida externa do país. Toda a política econômica dos próximos anos depende disso. A imagem dos direitos humanos no Brasil acaba de sofrer um abalo terrível, por sua culpa. O presidente convocou Sampaio em audiência secreta para lhe fazer um ultimato: nada de anistia se o Negreiro de Quipapá não estiver dentro das grades em quarenta e oito horas. É uma questão de credibilidade internacional.

Fico de queixo caído. Nunca imaginei que a descoberta de nossa mina pudesse criar tanto estardalhaço.

Era para você, pai. Queria te fazer uma surpresa mais tarde, quando a mina estivesse produzindo pra valer. Para que você não precisasse mais esquentar a cabeça com essa porcaria de álcool. Para que não tivéssemos mais todas essas preocupações. Juro que íamos conseguir.

Ele se aproxima e dá uma batidinha no meu ombro.

O álcool é a energia do futuro, filhão. É o ouro de amanhã. Os americanos e seus amigos árabes fizeram o preço do petróleo baixar para derrubar os russos, mas os preços voltarão a subir. A alta do petróleo é iminente, todos os especialistas concordam. Se conseguirmos nos manter até lá, os europeus virão comer em nossa mão.

O que querem que eu responda a isso? Estou a um dedo de choramingar como um bebê.

Fez uma grande besteira, meu filho. Vai ter que nos ajudar a levantar.

Ergo a cabeça, cheio de esperança. Acabo de compreender que meu pai já tem uma carta na mão. Que mais uma vez ele vai dar um jeito de nos salvar como por encanto.

Como, pai?

Você vai se entregar.

O quê?

Vai se apresentar ao coronel Diogo e confessar tudo. O assassinato de Policarpo, o de Tiago, a história da mina. Desembuche tudo.

Mas não fui eu que matei o Policarpo. Sabe muito bem disso.

Ele faz uma pausa, depois balança lentamente a cabeça.

Sim, eu sei. Fui eu que pedi a Tiago para se encarregar disso junto com seu amigo Mesquita. Fiz tudo para manter você afastado, mas agora não tem jeito. Policarpo tentou me chantagear com essa história de caixa dois. Ele tinha documentos comprometedores e fui obrigado a reagir depressa: o perdão da dívida dependia disso. Tudo teria dado certo se não fosse essa maldita testemunha – e sobretudo se você não tivesse atraído a atenção para cima de nossa família com seu comportamento absurdo. O senador Sampaio e eu não teríamos tido nenhuma dificuldade em abafar o caso.

Mas... por que, pai? Por que não me disse nada? Sabe que eu nunca o deixaria na mão. Por que escolheu o Tiago?

Ele me toma nos braços e me aperta forte.

Tiago tinha mais experiência, filhão. E Policarpo não o conhecia, o que facilitava a operação. Colocar você na linha de frente? Um dos meus dois herdeiros legítimos? Além disso, eu te conheço, Kelbian. Tem o sangue quente. Foi para te proteger que não disse nada. Infelizmente, não bastou. No ponto em que as coisas estão, confessar um assassinato a mais ou a menos não vai mudar nada. Pelo contrário, vai até te ajudar.

Mas... se me entregar, eles vão me prender. Diogo sonha com isso.

Papai aperta minha mão e pousa seus olhos úmidos nos meus.

Não se preocupe. Não irá para a prisão. Conversei a esse respeito com o senador. Ele topou nos dar uma mão nisso em troca de uma ajudinha financeira para sua campanha. Você será hospitalizado.

Hospitalizado?

Sim, num hospital psiquiátrico.

Com os malucos? Mas... eu não estou louco, pai.

Eu sei, meu filho, eu sei. Sampaio conhece todos os peritos em psiquiatria do estado. É a única chance que você tem. Confessa tudo e é declarado irresponsável por seus atos. Passa alguns meses no hospital com um quarto só para você e enfermeiras gentis. Aguardamos até que todos esqueçam essa história de mina, você passa novamente por um comitê de peritos, e sai tranquilamente. Livre como um pássaro.

Tiro a mão.

Não posso aceitar isso, pai. Não quero apodrecer na porra de um manicômio. Não estou louco.

Ele me segura pelos ombros e olha no fundo dos meus olhos.

É o melhor para você e é o melhor para sua família, Kelbian. Se recusar, ficarei sozinho. Os outros produtores de álcool vão me abandonar para salvar a anistia deles. Vai ser uma desgraça. O governo exigirá o pagamento imediato de minhas dívidas. Acha que posso tirar cinquenta e cinco milhões de dólares da manga? Serei obrigado a fechar a destilaria e a vender todas as nossas terras. Sem falar que o nome dos Carvalho ficará ligado para sempre a tuas tramoias de outras eras. É o que deseja, Kelbian? É desse jeito que quer ver terminar teu pobre pai?

Balanço a cabeça à beira das lágrimas. Papai tem razão, como sempre. Se está pedindo para eu me entregar, é porque é o melhor para todos nós. Inclusive para mim. Ele tentou me proteger, desde o início, e eu estraguei tudo. Penso pela enésima vez nas calúnias do Gordo. Se meu pai fosse o filho da puta que ele me descreveu, teria se contentado em me entregar para a polícia. Estava a par da mina. Bastava-lhe enviar o bando do Diogo ao local para me pegar em flagrante. Ao passo que acaba mais uma vez de dar jeito para que eu saia da merda numa boa. Fica tão triste por me entregar que tem lágrimas nos olhos. Tá bom, vou me retirar do circuito, já que é preciso. Mas uma coisa é certa: quando sair do manicômio, minha primeira bala será para o Gordo.

Penetra no horizonte denteado de mesas do sertão. O ronco do motor recobre tudo. Tenta engatar a quarta mas o câmbio trava. A direção melecada do jipe fica cada vez mais incontrolável e lhe escapa das mãos. Os faróis iluminam miríades de pedras. Não há vestígio de estrada e ele roda às cegas esforçando-se por manter o rumo mais retilíneo possível para fugir da mina do filho de seu Carvalho. Acredita ver dois pontos brancos no retrovisor e pisa fundo no acelerador. Sem resultado. Sente até o jipe perder velocidade. Como se uma mão gigante o erguesse do chão e suas rodas girassem no vazio. Acelera ainda mais. Não adianta. O jipe para e morre num silêncio infinito. Tenta dar a partida de novo mas o motor não responde. Desce e começa a correr sem se virar. Espinhos arranham sua panturrilha. A caatinga dança diante de seus olhos. Nem sombra de sinal de vida em parte alguma. Só se dá ao luxo de diminuir a corrida um bom tempo depois. Olha por cima do ombro: os pontos brancos não estão mais lá. Uma falésia se ergue à sua frente. Refugia-se na sombra do paredão e segue tateando. Tropeça a cada passo. A lua se escondeu e ele não vê quase nada. Tateia por muito tempo. Outro ponto de luz acaba surgindo no fundo do túnel de escuridão. Volta a correr e vê crescer à sua frente a massa compacta de uma cabana de madeira. Gargalhadas escapam dali. Quase sem fôlego empurra a porta entreaberta. Dois homens de uniforme da PM estão sentados diante de uma panela fervente sobre um fogo de chão e erguem para ele suas carantonhas risonhas. Ele quer contar o que lhe aconteceu mas as palavras não saem de sua boca. Os PMs se entreolham sorrindo. Levantam-se e contornam a mesa. Um deles se joga sobre ele e o segura pelas costas. Está exausto demais para se debater. O outro se debruça sobre o fogo e pega um atiçador cuja extremidade forma um círculo. Deixa-o por algum tempo debaixo das brasas e se dirige a ele com uma careta medonha enquanto o outro abre sua mão à força. Urra em silêncio quando o ferro em brasa chia sobre sua palma.

Cruz desperta nadando em suor e se senta na cama. Fátima ronca suavemente ao seu lado. Está nua e meio descoberta. Sua respiração regular o apazigua. A realidade retoma pouco a pouco seus direitos. Dez dias se passaram desde que fugiu da mina de ouro de Kelbian Carvalho. Sua vida deu uma nova guinada. De assassino foragido passou a ser um herói efêmero. Fez até uma gloriosa aparição no jornal da televisão local para contar como pôs fim à sinistra carreira do Negreiro de Quipapá. Depois de ter escapado por pouco de suas balas rodou por horas no sertão ao volante do jipe dos Carvalho. Acabou encontrando um vilarejo e tomou o primeiro ônibus para o Recife. Seu amigo Osvaldo Lamenza obteve para ele todas as garantias necessárias e graças às suas informações a polícia federal chegou à mina no dia seguinte. Ali descobriram vinte e poucos infelizes em estado de desidratação avançada dentro de um hangar que mais parecia um forno gigante. O fotógrafo da *Folha do Recife* que acompanhou a expedição registrou cenas impressionantes que os meios de comunicação do Brasil inteiro veicularam.

Todos os policiais de Pernambuco se lançaram então no encalço de Kelbian Carvalho. Dizia-se que ele tinha se entrincheirado no imenso domínio de seu pai. Armado até os dentes e pronto para lutar até a última gota de sangue. Mas para a surpresa geral o sujeito se entregou espontaneamente no dia seguinte ao comandante da PM de Quipapá. A notícia de sua rendição atravessou a cidade como um rastro de pólvora. Por dois dias e duas noites o povo das plantações celebrou o acontecimento com um entusiasmo multiplicado pelas tensões que pesavam sobre Quipapá desde as últimas semanas.

Cruz finalmente caiu nas graças da mãe de Fátima: ela aceitou que sua filha fosse morar com ele no apartamentozinho da UR-11. Noivaram oficialmente na véspera e devem se casar antes do natal.

Oscar Montenegro não se contentou em lhe oferecer de volta seu emprego na Luxor: obrigado a tirar um belo pedaço do fígado com urgência, promoveu-o a diretor.

Tudo vai bem, se diz Cruz, passeando os olhos ainda dilatados de terror pelo quarto adormecido. Tudo vai bem.

Fora o fato de que cada noite o lança de volta no inferno. Uma voz o assombra. Sempre a mesma. Aquela do homem que ele empurrou na Rua da Aurora e que voltou a ouvir na mina através da lona da picape. Nada a ver com a do Negreiro de Quipapá cuja conversa com o loiro surpreendeu a seguir. Aliás os traços de Kelbian não são daqueles que se esquecem facilmente. Mesmo na penumbra. Seu rosto ossudo vinte vezes exibido na mídia parece ter sido talhado a machado por um lenhador duro de bêbado. Cruz tentou várias vezes se abrir para Fátima. Como era de se esperar ela o aconselhou a esquecer aquilo e se concentrar no futuro de ambos.

É preciso dizer que não lhe faltam argumentos: Policarpo cometeu o erro fatal de ameaçar Kelbian Carvalho. Este o assassinou com a ajuda de seu meio-irmão e eterno cúmplice Santiago Lyra para recuperar documentos comprometedores que certamente foram destruídos. Kelbian se livrou a seguir de Tiago, que não acreditava mais em seu projeto maluco. Ele inclusive confessou os dois assassinatos. Tudo isso está claro como água da fonte.

Cruz se revira dez vezes entre seus lençóis úmidos sem conseguir conciliar novamente o sono. Acaba se levantando e abrindo a cortina. Amanhece.

Precisa arejar as ideias.

Veste-se e sai para dar uma volta.

Mal anda duzentos metros na rua vazia e uma tempestade irrompe. Corre até o saguão pichado de seu prédio e para maquinalmente diante de sua caixa de correspondência. Esqueceu de esvaziá-la na véspera. Ela contém um envelope normal de borda verde e amarela. Seu nome e seu endereço estão escritos com letrinhas redondas e aplicadas. Quase infantis. Ele franze as sobrancelhas ao decifrar o carimbo do correio de Quipapá. Vira o envelope. Nenhuma menção do remetente. Fica intrigado e sobe as escadas pulando os degraus.

Senta-se à pequena mesa da cozinha e abre o envelope. Tira dele duas folhas arrancadas de um caderno espiral. A letra é a mesma que a do envelope. Lê:

Senhor Cruz,

Escrevo-lhe porque o senhor é nossa última chance. Eu o vi na televisão, dizem que é a única testemunha do assassinato de Teotônio Policarpo. Sabe portanto que Kelbian não é o culpado.

Verifiquei as datas. Kelbian passou todo o dia 8 de abril comigo e com o meu filho em Quipapá. Fui dizer isso na delegacia, mas riram da minha cara.

Sei também que você reconheceu o meio irmão dele, Tiago, quando estava me seguindo em Quipapá.

É preciso que saiba que Tiago me dedicava havia muito tempo um amor impossível. Acusava-me de tê-lo enfeitiçado. É mentira: se conhecesse um feitiço capaz de libertá-lo já o teria feito há muito tempo. Sempre evitei falar disso pro Kelbian, mas sei que ele desconfiava. Não queria ver o sangue ser derramado entre dois irmãos tão próximos. Mas Tiago se tornava cada vez mais insistente. Na tarde em que nos viu, ele se abriu. Disse que trabalhava em segredo desde dezembro para Moacir Carvalho, o pai dos dois. Quando Tiago lhe falou da mina, Moacir prometeu reconhecê-lo e lhe dar seus direitos sobre a fortuna dos Carvalho. Estava muito decepcionado com Kelbian mas quis mesmo assim lhe dar uma última chance colocando-o para trabalhar na usina a fim de fazê-lo renunciar àquela fantasia. Mas não funcionou, Kelbian perdeu toda sua confiança. E quando Moacir encarregou Tiago de matar Policarpo, Tiago achou que ia tomar o lugar de Kelbian no coração de seu pai e no meu.

Kelbian não tem nada a ver com esse assassinato. Mas ao perceber que a imprensa se obstinava em acusar Kelbian, Tiago pensou que sua hora tinha chegado. Ele tinha acabado de se encontrar com Orlando, o filho mais velho de seu Moacir, quando o senhor nos viu juntos. Orlando lhe disse que a família tinha decidido sacrificar Kelbian. Ele me prometeu criar meu filho como se fosse seu se eu me tornasse mulher dele. Chegou até a falar em adoção. Não sei como pôde acreditar que eu aceitaria.

Tentei avisar Kelbian, mas era tarde demais. Ele tinha desaparecido da fazenda e ninguém sabia onde estava. Então voltei-me para meus orixás.

O senhor deve achar que Kelbian não merece ser defendido. Sei que nunca me fará feliz, mas ele é o pai do meu filho. E não esqueça que os verdadeiros culpados permanecem impunes.

Eu o vi ontem na enfermaria do quartel. Contei tudo para ele. Ele me deixou falar sacudindo a cabeça, sem um olhar e sem uma palavra. Esse silêncio me assusta porque não se parece com ele. Não sei como Kelbian vai reagir, é um homem imprevisível.

Senhor Cruz, a verdade está em suas mãos. Deus e os seus santos o preservem,

Rosa Ialorixá

Cruz solta a carta e põe o dedo na ponta do nariz. Passos abafados se aproximam pelas suas costas. Fátima aparece na soleira. De pés descalços. Sonolenta. Radiante.

Abraça seu pescoço e o enche de beijos.

Está com uma cara péssima, Rico. Ainda essa história que te apoquenta?

Olhe. Leia isso.

Fátima franze as sobrancelhas. Senta-se no colo de Cruz e pega a carta. Seus olhos procuram primeiro a assinatura. Seus bonitos lábios se contraem e depois remexem em silêncio durante a leitura.

Essa mulher é uma feiticeira, diz ela, devolvendo-lhe as folhas. Faria qualquer coisa para salvar a pele do seu amante.

Fátima, não estou certo de que...

Tá na cara. Uma bruxa e uma puta.

Sabe, pergunto-me se ela não tem razão.

Fátima se levanta como uma mola. Está vermelha de raiva.

Alberico, eu realmente acho que está na hora de virar a página. Esse caso já o fez sofrer demais, sem falar de mim, então...

Flor...

Sabe do que mais? Faça o que bem entender. Mas, por favor, me inclua fora disso tudo a partir de agora, tá bom?

Ela deixa a cozinha barulhentamente.

Cruz permanece sentado. Pega a carta de Rosa Ialorixá e a relê várias vezes. Vira a cabeça para a janela num suspiro. Chove torrencialmente.

Fátima reaparece na soleira dez minutos depois com sua mala e um guarda-chuva. Está em prantos.

Vou voltar para a casa da minha mãe. Me avise quando tiver decidido pensar em nós.

Flor...

Ela sai batendo a porta.

Cruz vagueia como um fantasma pela casa até a chuva parar. Está plantado atrás da vidraça gotejante da sala quando a aparição de um raio de sol amarelo-mijo entre os prédios gêmeos o arranca bruscamente de seu torpor. Veste um paletó. Enfia a carta de Rosa no bolso interno e sai.

Pega um táxi até a praça central tomada por prostitutas e cantadores e fotógrafos onde fica a sede da *Folha*. Penetra na recepção e pede para ver Osvaldo Lamenza.

O jornalista o recebe na hora. Está de camiseta num escritório coberto de caixas. Cruz lhe mostra a carta de Rosa Ialorixá. Lamenza se joga em sua poltrona giratória e a lê com interesse balançando várias vezes a cabeça. Coloca-a na mesa à sua frente e levanta os olhos para Cruz.

Quais são suas intenções, Alberico?

Acho que ela está dizendo a verdade. Aliás, tenho certeza. Estou pronto para testemunhar que Kelbian Carvalho não assassinou Policarpo. Entre a palavra dele e a minha, acredito que...

Lamenza assume um ar surpreso.

Como assim, não ficou sabendo?

Sabendo do quê?

Pois bem, Rosa Ialorixá morreu. Ontem à noite. Em Quipapá. Atropelada por um barbeiro. Saiu na edição desta manhã.

Mas... não é possível... sua carta...

Lamenza agita o envelope.

Essa carta foi escrita há três dias, Alberico. Muitas coisas podem acontecer em três dias.

Foi um assassinato. Eles a mataram.

O jornalista levanta os ombros.

A PM local concluiu que se tratou de um acidente. O motorista fugiu, como de praxe. E ninguém teve o reflexo de anotar a placa do carro. Coisas que acontecem todos os dias nesse país. Sabe tão bem quanto eu.

Só pode ter sido um golpe de seu Carvalho. Tá na cara. Não podemos deixar isso assim.

Não vejo muito o que poderíamos fazer.

Ora... simplesmente vamos denunciar esse novo crime. Você e eu. Estou disposto a apoiá-lo até o fim. Temos essa carta. É uma prova de primeira ordem.

O olhar de Lamenza passa rapidamente pela carta de Rosa antes de se dirigir a uma caixa aberta sob a janela.

Vou ser franco com você, diz ele, após alguns segundos de silêncio. Os Carvalho são intocáveis. Conseguiram escapar entre nossos dedos e agora é tarde demais. Confessando o assassinato de Policarpo, Kelbian livrou a cara de seu pai. E você deve saber que a anistia para os produtores de álcool acaba de ser aprovada. Só se fala disso há dois dias. Com um toque de varinha mágica, nossos legisladores apagaram uma dívida que, só em Pernambuco, ultrapassava a casa de um bilhão de dólares. Os bancos privados vão ter que se virar sem esse maná. O senador Sampaio e seus amigos usineiros estão mais poderosos do que nunca. Eles ganharam a partida, Alberico.

Não vejo qual é a relação. E a verdade sobre o assassinato de Policarpo? O que me diz disso?

Lamenza balança a cabeça sorrindo.

A opinião pública não está nem aí para saber quem realmente matou esse sindicalistazinho corrompido até os ossos.

Cruz está estupefato. O jornalista se inclina para a frente e apoia os dois cotovelos sobre a escrivaninha.

Deixe-me explicar, Alberico. A *Folha* é financiada por dois dos maiores bancos privados do estado. Acrescento que seu maior acionista, o honorável Eduardo Mattar, decidiu se candidatar a senador nas próximas eleições, concorrendo contra Sampaio. Nosso interesse era, portanto, evidentemente, dar toda visibilidade possível ao caso Policarpo. Era nossa última chance de impedir o perdão da dívida dos usineiros. Jogamos esse jogo até o fim, quase ganhamos, mas acabamos perdendo. No Congresso, a anistia venceu por quatro votos. Pior para os bancos e para a *Folha*, que pode até acabar fechando ou sendo vendida. Nossos acionistas acabam de perder uma fortuna.

Mas... você mesmo me disse que só a verdade importava. Que não suportava a ideia de que um inocente servisse de bode expiatório.

É verdade que carreguei um pouco as tintas no retrato de Kelbian Carvalho. Na verdade, nunca estive completamente convencido de sua culpa, mas o que isso importa? Esse sujeito é um culpado ideal.

Você me usou. Você me manipulou.

Fiz meu trabalho, Alberico. Só isso.

Não vai me ajudar?

Lamenza suspira.

Seria impossível, mesmo que quisesse. Está vendo essas caixas? Estou de mudança. Imagine só, acabo de ser contratado pela concorrência – o *Jornal de Pernambuco*. Redator chefe da coluna social. Uma promoção e tanto. Não faça essa cara, vamos.

É o jornal dos amigos do senador Sampaio.

Exato. Veja só: recentemente fui contatado por Orlando Carvalho, muito amigo do dono do *Jornal*. É um homem inteligente e persuasivo. Acaba de tomar as rédeas dos negócios de seu pai, que tinha métodos administrativos um pouco... obsoletos. Ele me fez uma oferta irrecusável. Como dizia, a *Folha* está à beira do abismo. Hora de abandonar o navio.

Cruz se levanta. A carta de Rosa está sobre a escrivaninha. Ele a pega e põe no bolso.

Você também é um lixo, Lamenza. As coisas não vão ficar assim.

Do que está se queixando? Graças a mim, foi reabilitado. Sem minha intervenção, ainda estaria apodrecendo numa cela – ou, mais provavelmente, debaixo de sete palmos de terra. O que mais pode querer?

Esses criminosos devem pagar. Sabe melhor do que ninguém pelo que me fizeram passar. E mataram Rosa.

Uma sombra passa pelos traços do jornalista. Levanta-se por sua vez e contorna a escrivaninha a passos lentos.

Não ataque os Carvalho, senhor Cruz. Não é páreo para eles. Lembre-se de que só tem uma vida. Pense nisso.

Cruz não escuta mais. Atravessa a porta e vai embora.

Anda muito tempo pelos paralelepípedos do centro velho e seus passos acabam levando-o até o pátio de São Pedro. Penetra no bafo dourado da igreja portuguesa. Ajoelha-se no genuflexório e implora a Cristo que lhe mostre o caminho.

Mas continua completamente desorientado ao chegar em casa. A ausência de Fátima é ensurdecedora.

Engole dois soníferos e se deita. O telefone toca tarde na noite. Cruz atende com voz pastosa. Seu interlocutor desliga sem uma palavra. Uma vaga esperança brilha dentro dele. Fátima quer verificar se está em casa. Talvez haja chance de uma reconciliação.

Sai de casa no outro dia de manhãzinha para tomar um café na padaria. As nuvens planam baixo. É a hora em que os bandidos foram dormir e as pessoas honestas ainda dormem. Mal percorre dez metros na calçada e um Santana roxo com vidro fumê para ao seu lado. Dois sujeitos de calça jeans e camiseta saem do carro e o cercam. Um deles agarra Cruz sem dizer palavra e tapa sua boca com a mão e o empurra para cima do banco de trás do Santana. O outro fecha a porta e se instala no volante. O Santana parte na direção da saída do Recife. Tudo é tão rápido que Cruz sequer tem tempo de gritar.

Ela não devia ter vindo remexer em toda essa merda.

Porque, antes de sua visita, estava me sentindo zen. Deixava os dias passarem tranquilos em cima do meu leito. As drogas deles me faziam planar direitinho, suavemente. Eu não fazia nada além de levantar de vez em quando para observar a rua por entre as grades da minha janela quando ouvia o portão do quartel ranger. É uma rua animada, sempre há algo para se ver.

Rosa acaba de deixar a enfermaria e me disse duas ou três coisas que me irritaram um bocado. Preferia que não tivesse dito, mas ela devia estar precisando desembuchar depois de tudo o que aconteceu. E não pude fazer nada, já que estão sempre me vigiando pelo postigo, além de balançar a cabeça como um fantoche. O mais difícil foi continuar com aquela cara de paisagem quando ela me disse que o pequeno estava preocupado comigo, mas acho que consegui me sair bem.

Também não reagi quando ela me contou as mentiras do Tiago, que papai queria me eliminar para lhe dar meu lugar e todo o resto. Conheço o suficiente esse desgraçado para saber que ele só queria era se gabar para aumentar suas chances com ela. Taí um que não roubou seu lugar no inferno. Eu e papai conversamos como homens na estufa e agora está tudo claro. Sei que ele sempre estará do meu lado, como minha Rosa. Melhor ela não ficar batendo nessa tecla, só vai nos prejudicar. Acho que o que me deixou mais encafifado foi não poder lhe explicar que Tiago tinha inventado aquilo tudo para ela. Sim, deve ser isso.

Ela saiu não faz nem cinco minutos e estou na janela, olhando um pelotão da PM em exercício no pátio, quando o ferrolho faz clique atrás de mim. Dou uma espiada por cima do ombro e vejo Diogo entrar. Entre os dois soldados que o seguem de perto está um médico todo de branco que não conheço e que deve ter minha idade. O coronel banca o durão – está em seu território. Antes de me virar de novo para a janela, vejo um brilho em suas pupilas, embora ele se controle para não manifestar toda sua alegria. Ele dispõe seus recrutas um de cada lado da porta e se instala no canto da sala, à minha direita. Espreito-o com o rabo do olho até que o doutor se interpõe entre nós. Seu olhar doce me encara por algum tempo, depois desce até minhas algemas. Vira-se para Diogo. Diogo faz que não com a cabeça.

Como vai, senhor Carvalho? Apresento-me: Doutor Sandoval, psiquiatra.

Permaneço mudo. Tenho que continuar aplicando minha tática. Não soltei uma palavra desde que cheguei ao quartel – o melhor meio de não me trair, segundo papai. Foi ele quem se encarregou das falas quando me entreguei. Querem um maluco? Terão um. O charlatão volta a me examinar. Só espera uma coisa, que eu cruze seu olhar para me hipnotizar com seus olhos de gazela. E o outro ali atrás, se deleitando.

Senhor Carvalho?

Ele não está mais mudo do que eu, resmunga Diogo. Eu o conheço. Está nos fazendo de palhaços.

Algumas descompensações são acompanhadas por um período de afasia, coronel.

Ele está tentando escapar à justiça. Esse sujeito é um criminoso da pior espécie.

Coronel, suspira Sandoval, sem parar de me devorar com os olhos, sou plenamente capaz de detectar esse tipo de simulação. Não levará mais do que cinco minutos. Compreende o que estou dizendo, senhor Carvalho?

Ele continua me fixando, e isso começa a me irritar. Seu olhar pesa toneladas. Não engulo esse cara. Aliás, engulo-o cada vez menos. Não sei o que ele está querendo.

Ou melhor, sei sim.

Decerto não foi por acaso que Diogo e ele apareceram logo depois da visita de Rosa. Devem pensar que revê-la me desestabilizou e que esse é o melhor momento para me pegar com a guarda baixa. Se bobear, foram até buscá-la.

Senhor Carvalho?

A mão de Sandoval pousa sobre meu ombro. Ela é tão suave quanto seus olhos, mas dói, terrivelmente. Queima-me como ferro em brasa. Precisa tirá-la dali. Mas assim que me viro para encará-lo, o olhar de Diogo me atrai como um imã.

Morrinhento, diz Diogo.

Levanto os braços e consigo passar minhas algemas por trás da nuca de Sandoval. Puxo-o para mim e começo a apertar com toda a força. Faço isso para não ver mais seu olhar, para não sentir mais a queimação de sua mão. Ele esperneia como pode e cola, gemendo, uma espécie de grande beijo baboso no oco de meu pescoço. Vejo suas veias se retorcerem como lombrigas ao redor da corrente, escuto um barulho de botas e –

Cruz se debate debilmente até que seu vizinho de banco o assegura em tom calmo que não tem nada a temer. Não se trata de um sequestro. Alguém quer encontrá-lo em segredo, só isso.

O Santana roxo segue a BR-101 por cerca de quinze quilômetros. Os depósitos cinza e as oficinas mecânicas da periferia do Recife não são mais do que uma massa informe no retrovisor quando o motorista entra numa estrada secundária que parte em diagonal para a esquerda rumo a Nossa Senhora do Ó e ao litoral. Cruz conhece a região: já foi à praia duas ou três vezes ali. O Santana deixa para trás a bifurcação que leva ao centro de Nossa Senhora do Ó e prossegue em direção a Porto de Galinhas. É uma aldeia de pescadores onde milhares de "galinhas" – codinome dos escravos angolanos – foram desembarcadas clandestinamente após a proibição do tráfico. Todos os membros da elite pernambucana são obrigados a ter uma casa de praia ali. O asfalto rapidamente cede lugar a uma estrada tornada lamacenta pelas recentes chuvas. O Santana ziguezagueia algum tempo entre os buracos cheios d'água e então vira novamente à esquerda entrando numa estreita estradinha privada. Ela vai dar num jardim de vegetação exuberante mas cuidada que cerca uma mansão de dois andares pintada a cal. O motorista puxa o freio de mão. Cruz sai após o capanga que viajava a seu lado. O murmúrio e o cheiro do mar o assaltam. A praia invisível está bem perto. Provavelmente logo atrás dessa imponente e bela casa de telhas vermelhas.

Cruz fica impressionado com a opulência do cenário. Deixa-se levar sem protestar até a garagem aberta onde dorme um Diplomata. Fazem-no subir uma escada que leva a um vasto patamar com piso de mármore branco. Um dos homens empurra uma porta dupla de madeira esculpida e o introduz numa sala imensa. Uma porta de vidro domina o oceano encarneirado do outro lado da peça. A alta silhueta de um homem de costas se recorta ao sol rasante da manhã.

Cruz é conduzido até um sofá de canto em couro ocre diante do qual se estende uma mesinha. O homem se vira e vem até ele com a mão estendida. Veste uma calça pregueada marrom e uma camisa amarela a que se sobrepõe uma grande gravata de seda cor de sangue e ouro. Parece jovem apesar dos cabelos grisalhos cuidadosamente engomados que enquadram o seu rosto oval de traços regulares mas um pouco moles.

Muito prazer, senhor Cruz, diz ele numa voz grave. Meu nome é Orlando Carvalho.

Cruz se recusa a apertar sua mão. Carvalho faz um sinal com a cabeça. Os guarda-costas saem. Ele se senta no sofá e convida Cruz a fazer o mesmo. Cruz assente após um segundo de hesitação e pergunta:

O que estou fazendo aqui? O que quer comigo?

Orlando Carvalho fixa sobre ele um olhar caloroso mas como que recoberto por uma película translúcida.

Toma alguma coisa? Cerveja, uísque?

Não. Obrigado.

Senhor Cruz, vou direto ao assunto. O senhor foi preso por culpa do meu irmão. Acusaram-no de um crime que não cometeu. Não deve ter sido fácil. Disseram-me que passou momentos... desagradáveis. Estou aqui para lhe apresentar as desculpas da família Carvalho em nome de meu pai, que infelizmente não pôde se deslocar. Está muito afetado por tudo o que aconteceu e sua saúde não anda boa. É um homem velho.

Cruz se retorce na ponta do sofá e limpa a garganta.

E foi para dizer isso que mandou me raptarem?

Orlando Carvalho esboça um sorriso indulgente.

Sim e não. Parece-me que esse lugar se presta bastante bem a uma conversa confidencial, não? O que acha desta mansão, senhor Cruz?

Cruz gira a cabeça olhando o cenário e levanta os ombros. É realmente uma casa magnífica, tem que reconhecer.

Nada, diz.

Acesso direto à praia, retoma Orlando Carvalho. Cinco quartos, duas suítes, e um salão de jogos no subsolo. Cozinha inteiramente equipada.

E daí? O que eu tenho com isso?

Esta casa é sua, senhor Cruz.

Cruz entreabre os lábios mas não profere som algum.

Entendeu perfeitamente, senhor Cruz. Meu pai decidiu oferecer-lha como compensação por tudo aquilo que sofreu.

Cruz se recupera de sua estupefação e levanta.

Estão tentando me comprar. Não sou idiota, Carvalho.

O homem também se levanta. Não está mais sorrindo.

Seria uma grande desfeita para meu pai se o senhor recusasse sua oferta, diz ele, colocando a mão no antebraço de Cruz. Por favor. Sente-se.

Cruz se solta com um movimento brusco e recua um passo.

Sei muito bem aonde querem chegar. Estão tentando comprar meu silêncio. Têm medo que eu diga a verdade. Não foi Kelbian quem matou Policarpo.

Orlando Carvalho franze as sobrancelhas.

Continue. Acho isso apaixonante.

Sei de tudo. Vocês mandaram matar Rosa Ialorixá para impedi-la de falar. Kelbian estava na casa dela no dia do crime. Ela queria testemunhar.

Sei disso, sim. Meu amigo Lamenza telefonou ontem para me falar dessa carta.

Ele lhe telefonou? Isso não me surpreende da parte daquele crápula. Sei também que seu pai decidiu se livrar de Kelbian por causa de sua mina de ouro. Que foi ele o mandante do assassinato de Policarpo. E que entregou seu próprio filho à polícia para se lavar de qualquer suspeita.

Está esquematizando demais as coisas, irrita-se Carvalho. É verdade que nosso pai levou muito tempo até perder suas últimas ilusões em relação a Kelbian. No que me diz respeito, há décadas sei que meu irmão é um louco perigoso. Sabia que ele tentou recentemente estrangular seu médico? Foram necessários quatro homens para controlá-lo. Aliás, ele deve ser transferido hoje mesmo para o Recife por razões de segurança.

E acrescenta depois de um breve silêncio:

Meu irmão cavou sozinho sua própria cova, senhor Cruz. Demos-lhe muitas chances e o imbecil nunca soube aproveitá-las. Admito que nosso pai foi tomado de uma afeição tardia por Tiago, talvez mesmo a ponto de considerar a possibilidade de reconhecê-lo. Ele está ficando sentimental com a idade, mas...

Está zombando de mim!

Carvalho o interrompe com um gesto.

...Mas para dizer a verdade não sei de nada, ele nunca me falou disso. O que é certo é que estou muito feliz de que as circunstâncias o tenham impedido de levar sua ideia a cabo. Tiago não era nenhum gênio, ainda que tenha tido o mérito de compreender a tempo que Kelbian estava louco de pedra. De certa forma, foi ele que nos permitiu impedir o veto do perdão da dívida.

Assassinando Policarpo para impedi-lo de denunciar as fraudes de vocês?

Orlando Carvalho sorri.

Não. Realizando a façanha de se fazer matar no melhor momento. Veja, Tiago não é como Kelbian, que venera nosso pai como um cão estúpido. Nunca teria aceitado vestir a carapuça se a polícia o pegasse. O que era iminente, já que o senhor o reconheceu em Quipapá. Tenho certeza de que acabaria nos denunciando. O senhor quase provocou uma catástrofe, senhor Cruz. Mas, no final, acabou servindo nossos interesses. A anistia foi aprovada, estamos livres de Kelbian e das suspeitas que pesavam sobre nós. Caso lhe interesse, a paz voltou a reinar em nossas plantações. Nossos cortadores estão felicíssimos: oferecemos uma indenização equivalente a um mês de salário a todos os que foram despedidos e acabamos de anunciar um aumento geral de vinte por cento.

Está prevista uma inflação de vinte e dois por cento este mês. Eles não ganharão nada.

É a sua opinião. Eles retomaram o trabalho.

Cruz sacode a cabeça.

Está esquecendo um detalhe, Carvalho. Eu sei de tudo.

E acha que eu estaria aqui conversando tranquilamente se esse detalhe me preocupasse?

Ele o preocupa. Senão, por que estaria tentando me comprar?

Entendeu errado, senhor Cruz. Estamos tentando ser generosos, nada mais. O senhor nos prestou um serviço, e achamos que merece ser recompensado. Não pense que seu silêncio vale tanto. Existem meios muito menos onerosos de fazer as pessoas se calarem. Que poderíamos ser forçados a empregar caso o senhor se obstine.

É uma ameaça?

Orlando Carvalho deita um olhar glacial a seu Rolex de ouro.

Julgue por si mesmo.

Pega suavemente o braço de Cruz e o conduz até a porta.

Peço que me desculpe, acrescenta, estou assoberbado. Se quiser fazer o *tour* do proprietário, posso pedir para Carlos...

Não, obrigado.

Chegam em silêncio até o alto da escada.

Pese os prós e os contras, senhor Cruz. Tem até amanhã de manhã. Reconheço que é pouco tempo, mas vou lhe dar um conselho: não perca o jornal na TV esta noite, tenho certeza de que o ajudará em sua decisão. Meus colaboradores vão levá-lo para casa. Até a vista, senhor Cruz.

Carvalho bate palmas. Os guarda-costas aparecem ao pé da escada. Cruz desce os degraus. Está atordoado.

Sente violentas câimbras no estômago quando o Santana roxo o deixa na frente de seu prédio. Engole dois Sonrisais e os dois últimos comprimidos de seu frasco de soníferos e cai na cama.

Eles pensaram, aqueles idiotas, que agora eu tava fodido.

Mas fiz bem em me entregar. Já estou de saída. Vou deixar o pardieiro de Diogo rumo ao manicômio judiciário da Restauração, no Recife. Sei que eles têm medo de mim, ouvi os guardas.

Estou esperando.

Sinto-me leve como uma pluma. Tenho vontade de rir o tempo todo. Só um pouco de dor na bunda por causa das injeções. Eles pegam pesado na dose, posso garantir.

Ah, aí estão. Um, dois, três, quatro, cinco, seis. Caio na gargalhada ao vê-los entrar. Prudentes como cobras, eles soltam as correias que prendem meus punhos e meus tornozelos ao estrado. Então me colocam de pé. Estão cagando de medo, dá pra sentir. É louco tudo o que sinto. Se acham que estão me amortecendo, estão redondamente enganados. Tenho certa dificuldade em me manter de pé e as paredes balançam um pouco, mas nunca estive tão lúcido. Extralúcido. Pena que Rosa não tenha voltado. Falaremos em Recife. Tenho a sensação de sobrevoar Pernambuco no meio das nuvens e de ver lá de cima esse bando de imbecis colocar ferros em meus pés e ligá-los a minhas algemas. Vejo e escuto tudo, rio como um doido. E sempre esse bom humor. Pra quê ficar triste? É mil vezes melhor do que maconha essa droga deles, preciso saber qual é o nome. Vou pedir ao farmacêutico de Quipapá pra conseguir pra mim, mais tarde, quando tiver saído. Explodo de rir de novo quando eles me empurram em direção à porta. Deve dar pra cheirar esse negócio. E se não quiserem me fornecer, assaltarei as boticas do sertão.

Serei o Lampião das farmácias. *É Lamp, é Lamp, é Lamp, é Lampião...* Ninguém poderá me deter. Tomarei o Rio com meu bando e serei o rei.

Atravessamos o corredor. Eles me conduzem. Quando chegamos ao pátio, o sol bate tão duro que levo três segundos até conseguir ver o que se passa.

As portas do quartel estão escancaradas. Tem uma multidão absurda na rua, é uma loucura. O carnaval. A menos que eu esteja alucinando, vai saber. Empurram-me para um furgão da PM reservado só pra mim. Parece uma grande tartaruga cinza lagarteando ao sol. Eles me levantam do chão para me sentar na traseira e, de repente, estou só, no calor da barriga da tartaruga. Um soldado fecha a porta.

A tartaruga dá a partida. Morro de calor ali dentro. Espero que comece a rodar pra valer logo. O povo de Quipapá veio se despedir de mim. Devo ter ficado famoso. Senhoras e senhores, o Negreiro de Quipapá. O futuro Rei do Rio.

Uma vaia se faz ouvir no momento em que o furgão atravessa o portão do quartel. Entre as lâminas de aço de uma das grades laterais, vejo uma montoeira de cabeças desfilar em câmera lenta. Ora, paramos. Aham. O motorista fala um momento em seu rádio, mas não entendo nada do que diz, por causa do barulho, e ei-lo que desce. Mais essa agora. A temperatura sobe, sobe, sobe, sobe. Nado em suor, devo estar incubando alguma coisa. Ou então é o pó deles. E de repente começo a gargalhar porque está balançando e sacudindo cada vez mais. Estou numa tartaruga com mal de Parkinson. Num furgão-centrífuga. E estou pouco me fodendo, porque estou planando nas alturas e nada me atingirá. Estou na barriga da tartaruga. A roupa no furgão-centrífuga. Uma lenda da porra.

A campainha toca. Cruz deixa a cama como um sonâmbulo e reconhece no olho mágico o rosto deformado de Fátima. Abre. Ela está com a mala na mão. Ele a toma e dá um passo pro lado para deixá-la entrar.

Perdão, Rico, agi como uma idiota, exclama, jogando-se em seu pescoço. Sei que errei em me irritar, mas eu te quero tanto! Não suportaria se acontecesse mais alguma coisa ruim com você. Entende?

Rosa está morta, murmura Cruz em seu ouvido. Eles a assassinaram.

É medonho, diz ela entre dois beijos. Medonho. Venha, meu lobinho, tua pequena Fátima quer muito se fazer perdoar.

Ela o arrasta até o quarto e o joga na cama e abre sua braguilha sem parar de beijá-lo. Toma seu membro nas mãos e o faz endurecer com três lambidas. Livra-se de sua calcinha e se empala sobre ele sem sequer tirar a saia. Fazem amor na penumbra do quarto. Cruz sente seu ardor aumentar ao ritmo de seus vaivéns. E a silhueta de Rosa Ialorixá em seu vestidinho diáfano vai se afastando na tela escura de suas pálpebras à medida que honra Fátima com suas estocadas.

Adormecem abraçados.

Cruz desperta. É noite. Vira-se para Fátima.

Que horas são?

Ela entreabre os olhos e levanta o braço suspirando para olhar seu relógio de quartzo.

Oito e sete, meu amor.

Cruz resmunga um palavrão e se levanta.

Liga sua televisãozinha Telefunken de casco branco. Põe na Globo. O ponto de luz cresce e se propaga em alguns segundos à totalidade da tela. Inunda então de fótons azulados o corpo exposto de Fátima. Ele se senta na beira da cama triturando sua cruz de ouro novinha em folha. Presente de sua futura sogra.

A imagem toma forma. Um jovem repórter com um microfone fala a toda velocidade na frente do portão do quartel. As palavras "Comando Militar de Quipapá – Batalhão João Bezerra" estão orgulhosamente estampadas em letras pretas no frontispício. Uma multidão compacta se amontoa diante da entrada e o jornalista parece ter dificuldade em manter o equilíbrio na confusão que o cerca. Um bando de adolescentes dá tchauzinhos e faz caretas atrás dele.

Trata-se com certeza de uma reportagem gravada já que a cena se passa em pleno sol. O jornalista explica com voz trepidante que a transferência do Negreiro de Quipapá é iminente. Como por encanto o portão do quartel se abre dois segundos depois. Ele começa a falar ainda mais rápido. Um furgão militar cinza esverdeado sai do quartel e passa lentamente entre os curiosos e os vendedores de milho assado atraídos pelo anúncio oficial da transferência. O furgão para ao lado da calçada. Segue-se a imagem trêmula de uma câmera que se aproxima balançando. O motorista está apenas visível atrás dos reflexos do para-brisa. Aparentemente fala num rádio. Sua mão livre se mexe muito. Desliga o rádio e desce do veículo. Lança algumas palavras inaudíveis aos dois sentinelas postados na guarita de entrada do quartel e depois acende um cigarro.

O jornalista abre caminho até ele. Na verdade vai em parte sendo levado pela alegre multidão que se aperta em volta do furgão.

Ei, amigo, exclama, brandindo o microfone. O que está havendo? Pode dizer a nossos telespectadores o que está esperando?

Um erro no procedimento de transferência, explica o motorista, passeando um olhar surpreso pelo círculo de curiosos. O escriturário esqueceu de carimbar o registro. Estou esperando que o tragam. O ambiente tá quente, não?

A multidão se aperta em ondas que lambem cada vez mais de perto a carroceria do furgão. Os dois sentinelas crispam as mãos em suas submetralhadoras e a massa reflui em desordem – mas é apenas para voltar à carga assim que os soldados relaxam a vigilância. A onda seguinte carrega o microfone do repórter. Sua voz se perde na avalanche de injúrias que surgem de todos os lados.

Assassino! Escravagista!

Acha que pode fazer qualquer coisa só porque nasceu em berço de ouro!

Ainda bem que existe justiça!

Ele deve estar se cagando lá dentro! Queria só ver sua cara!

Justiça o caralho! Com a grana do seu Moacir, esse merda vai estar livre daqui a dois meses!

Parece que ele se entregou sozinho!

Eles mataram a Rosa! Mataram nossa mãe de santo!

Esses cuzões vão soltá-lo!

A maré humana ruge e empurra cada vez mais forte. O furgão oscila perigosamente. Os dois soldados entram em pânico e se viram para o pátio do quartel. Nem um uniforme à vista. Um deles atira uma rajada para cima. O outro o imita.

Os tiros e o cheiro de pólvora só fazem excitar ainda mais o povaréu. Que se lança em massa para a traseira do furgão. O motorista larga o cigarro e sai correndo. Os soldados são varridos como palha. Um deles corre para buscar reforços. O jornalista parece ter sido engolido. O câmera consegue permanecer alguns instantes pertinho da escaramuça mas a fúria coletiva logo o obriga a recuar vários metros.

O único soldado que ficou ali observa impotente a multidão arrancar a porta do furgão e pegar Kelbian Carvalho pelos tornozelos. Este tenta proteger o rosto atrás de seus punhos algemados mas sua alta carcaça desaparece rapidamente sob uma confusão de braços e pernas e cabeças e corpos.

Um pelotão verde-oliva surge trotando trinta segundos depois. A horda se dispersa num piscar de olhos.

O câmera se reaproxima. Kelbian jaz sobre a rua numa poça de sangue. Não se mexe mais. Duas feridas abertas florescem sobre seu tórax. Trazem uma maca.

O cenário acinzentado do Jornal Nacional volta a tomar posse da tela. Com seus olhos de cachorro sem dono o âncora Cid Moreira se lança num comentário lastimoso sobre os perigos da vingança popular e a negligência das autoridades militares. Denuncia a burocracia que entrava o bom andamento da justiça. Cita por duas vezes o nome do coronel Diogo e o intima a se explicar o quanto antes sobre a morte brutal de Kelbian Carvalho. Cruz se levanta. Desliga a TV.

Fica por um bom tempo sentado na beira da cama. Vira-se. Fátima dorme. Acha-a bela. Debruça-se e a beija na testa. Ela abre um olho sonolento.

Rico... suspira, estendendo para ele seus braços de mel.

Cruz se aconchega a ela e espera o fim de uma chuva de beijos para lhe cochichar que poderão agora viver seu amor com toda tranquilidade, numa mansão paradisíaca.

Outros títulos da Vestígio

Sete dias em River Falls | *Alexis Aubenque*
Algumas garotas escondem terríveis segredos...
Tradução: Fernando Scheibe

Meu primeiro assassinato | *Leena Lehtolainen*
Uma estreia de tirar o fôlego para Maria Kallio...
Tradução: Salma Saad

Os sete crimes de Roma | *Guillaume Prévost*
Roma, 1514. Leonardo da Vinci conduz a investigação...
Tradução: Fernando Scheibe

A fera interior | *Lotte & Søren Hammer*
Podemos fazer justiça com as próprias mãos?
Tradução: Márcia Guimarães

Estava escrito | *Gunnar Staalesen*
O que realmente sabemos sobre nossos filhos?
Tradução: Elisa Nazarian

Na mente, o veneno | *Andrea H. Japp*
Diane Silver inicia sua caça ao *serial killer*...
Tradução: Vinicius Carneiro

Vestido de noivo | *Pierre Lemaitre*
Ninguém está a salvo da loucura...
Tradução: Zéfere

Assassinato na Torre Eiffel | *Claude Izner*
Crimes em série transformam livreiro em detetive
Tradução: Elisa Nazarian

Um outono em River Falls | *Alexis Aubenque*
Alguns garotos nunca perdoam...
Tradução: Fernando Scheibe

Mulher de neve | *Leena Lehtolainen*
Tensão e ameaças na nova investigação de Maria Kallio
Tradução: Ana Carolina Oliveira

Indesejadas | *Kristina Ohlsson*
Crimes brutais marcam um verão sueco
Tradução: Sérgio Pereira Couto

Amarga vingança | *Andrea H. Japp*
Não há trégua para Diane Silver...
Tradução: Fernando Scheibe

Aposta fatal | *Jean-François Parot*
Nicolas Le Floch em trama sinistra na Paris do século XVIII
Tradução: Guilherme João de Freitas Teixeira

Este livro foi composto com tipografia Electra LT Std e impresso
em papel Pólen Soft 80 g/m² na Paulinelli Serviços Gráficos.